똥차 일기

똥차감별사 버드의 리얼 연애 생존기

똥차 일기

버드 지음

STUDIO : ODR

Prologue

똥차일까, 아닐까?

어떤 가수가 콘서트장에서 이런 말을 했다. "여기 모인 사람을 딱 둘로 나눌 수 있어요. 사랑 때문에 행복한 사람과 사랑 때문에 불행한 사람으로요."

이십 대의 나는 단연코 사랑 때문에 불행한 사람이었다. 각양각색의 똥차라 할 수 있는 연인을 만나 불행한 연애만 했다. 주변에는 마음 맞는 사람과 보기 좋은 연애를 하는 사람도 많았고, SNS에는 행복한 커플 사진이 넘쳐났다. 나만 이렇게 비참하고, 슬프고, 화나고, 지리멸렬하고, 괴로운 현실 연애를 하는 것 같았다. 연이은 똥차 행렬이었던 연애가 모두 끝나고 나는 오래 아팠다. 매일 울었고, 자책했고, 그리워했고, 슬퍼했고, 분노했다. 하지만 결국은 괜찮아졌다.

예전 일을 떠올려도 아무렇지 않아졌을 무렵, 별 생각 없이 내 연애 경험을 만화로 그려서 SNS에 올렸다. 뜻밖에도 수많은 댓글이 달리고 메시지가 날아왔다. "저만 힘든 줄 알았어요.", "저와 비슷한 일을 겪고서 극복한 사람이 있다는 게 위로가 돼요.", "덕분에 용기를 얻어서 나쁜 연애를 끝냈어요." 취미 삼아 연애 경험을 만화로 그린 것뿐인 내게 감사 인사를 전해준 수많은 독자들로부터 나는 가늠할 수 없는 용기와 위로를 얻었다.

나쁜 연애를 판별하는 정확한 기준이 있다면 얼마나 좋을까. 상대방이 어디까지가 똥차이고 어디부터가 좋은 연애 상대인지 자로 재듯 가늠할 수 있다면 얼마나 좋을까. 그러면 그 누구도 상처받지 않고 건강하지 않은 연애에서 일찍 발을 뗄 수 있을 텐데….

이 책은 그러한 문제의식에서 출발했다. 똥차와의 연애 경험을 가감없이 공개해서 나와 같은 피해자가 생기지 않기를 바라는 마음 말이다. 또한 똥차를 알아보고 피해갈 수 있도록 실질적인 팁을 담았다. 똥차와의 연애, 만남부터 이별까지를 담은 내 솔직한 이야기가 힘든 연애로 가슴앓이하는 당신의 어깨를 토닥이고 끝난 연애로 허전한 당신의 손을 맞잡는 다정한 손이 되어주면 좋겠다.

그래서 당신이 힘겨운 연애에서 스스로 걸어 나오는 데에 이 책이 조금이라도 도움이 되는 것, 그것이 나의 작은 바람이다. 이 책은 온갖 유형의 똥차를 겪어본 내가 비슷한 고민을 하는 독자들에게 보내는 공감과 연대의 다독임이자, 위로와 격려의 목소리다.

Chapter 1 ⊘ 나쁜 연애

Chapter 2 ⊘ 이상한 연애

Chapter 3 ♥ 좋은 연애

나쁜 연애

나쁜 줄
나만 몰랐어

그와 나는 대학 시절 소개팅에서 만났다.

그는 누가 봐도 빛났다.

잘생기고 키도 크고 운동도 잘했던 그는

대한민국
피라미드

상위 포식자

사회에서 인정해주는
'스펙'까지 화려한 사람이었다.

가끔은 잠수를 타기도 하고
속마음을 보여주지 않아 내 애를 태웠는데

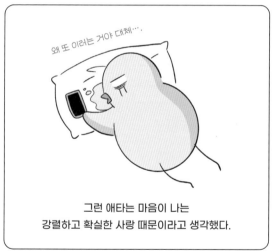

그런 애타는 마음이 나는
강렬하고 확실한 사랑 때문이라고 생각했다.

내가 서운하다고 하면 그는
나를 놓치는 게 겁나기라도 한 듯
잘못했다고 싹싹 빌었다.

달콤한 사랑 고백과 진심 어린 반성으로
그는 내가 자신을 용서할 수밖에 없도록 만들었다.

매력적이면서 길들지 않은
'나쁜 남자'의 정석 같았던 그.

사랑하니까, 나라면 그를 바꿀 수 있을 거라고 생각했다.
그의 진짜 모습을 알게 되기 전까지….

이런 취뽀가 있나

그가 축구 시합에서 졌다며 대뜸 친구 탓을 했다. "그 새끼가 개발이라서 졌다니까!" 그리고 그날 드라이브를 하다 접촉 사고가 나자 이렇게 말했다. "야, 너 때문에 한눈팔아서 사고 났잖아!" 그가 그렇게 매사 남 탓을 하는 사람이라는 걸 그때 눈치챘어야 했다.

그는 심지어 다른 여자에게 한눈을 팔고서도 내 탓을 했다. 불행인지 다행인지, 나는 그가 다른 여자와 함께 있는 모습을 직접 맞닥뜨렸다. 그가 친구들과 술을 먹는다고 하고 연락이 끊겼던 날 밤이었다. 낌새가 이상해 그의 집을 찾아갔는데 평소에는 풀어두던 이중 잠금장치가 걸려 있었다. 문 앞에서 그에게 전화를 하자 안에서 휴대전화의 벨 소리가 새어

나오는데도 그는 문을 열지 않았다. 설마, 하는 마음으로 지키고 서서 계속 기다리니 화장이 번진 여자가 허겁지겁 현관문을 열고 나왔다. 어제까지만 해도 나와 함께 있던 공간에서 오늘은 다른 여자와 뒹굴기라도 한 걸까? 뒤이어 그가 서둘러 옷을 챙겨 입고 나오며 내게 말했다.

"네가 계속 취직이 안 되니까!"

설마 진심으로 하는 말은 아니겠지…. 바람을 피우다 들킨 게 수치스럽고 당황해서 잘못 뱉은 말이겠지…. 실수로 튀어나온 말이라고 생각하면서도 상처는 한동안 아물지 않았다. 당시 나는 치열한 취업 전선에 앞뒤 가리지 않고 달려들었지만 번번이 광탈을 겪으며 얼마 있지도 않은 자존감이 바닥이 난 취준생이었기 때문이다.

내 취업 탓을 하던 그는 얼마나 진심이었는지는 모르겠으나 바람피운 일에 대해 싹싹 빌었다. 용서하기 힘든 일이었지만, 그를 사랑했기에 바보같이 용서하겠노라 마음먹었다. 하지만 머릿속에 의문은 계속 남아 있었다. 정말 내가 취준생이라 창피해서 다른 여자를 만난 걸까? 내가 그처럼, 혹은 그와 바람을 피운 여자처럼 번듯한 직장에 다니고 있었다면 그가 바람을 피우지 않았을까? 그가 바람피운 건 오로지 그의 미성숙한 인격 때문이었음에도 나는 그의 말에 영향을 받아 스스로를 책망하며 평소 원하는 곳이 아닌 회사에 쫓기듯이 취업을 했다. 관심 분야가 아니었기에 업무는 지루하기만 했고 조직 문화까지 개판이었다. 회사 생활이 힘들다고 하소연하는 나를 앞에 두고, 회사의 이름과 연봉을 듣자마자 그는 속물적인 미소를 띄며 만족스럽게 웃었다. 그는 진심으로 내 취직을 축하하는 것처럼 보였다. 바람피운 일에 대한 진심 어린 반성은 당연히 없었다. 나는 회사를 그만두는 동시에 그와의 관계도 끝냈다.

누군가를 많이 사랑하면 상대방이 잘못해놓고 내 탓을 할 때 상황을 이성적으로 판단하기 어려워진다. 사랑하는 사람이 나 때문에 창피했다는 말만으로도 마음이 곧바로 아파오니까. 하지만 그는 제 잘못이 아니라고 하면 그만이라는 태도로 너무나 손쉽게 자신의 잘못을 타인의 잘못으로 떠넘겨버리는 사람이었다. 자신을 돌아볼 줄 모르고 매사 남 탓, 특히 자신의 바람기조차 사랑하는 연인 탓하기에 바쁜 그는 명백히 똥차였다!

내가 백수라서
네가 바람을 피운다고?
뇌 정지….

잘나가는 사람이 좋아

그는 돈을 아주 많이 벌고 싶어 했고, 권력의 꼭대기에 올라서고 싶어 했다. 그래서인지 늘 이런 말을 농담처럼 입에 달고 살았다.

"정치인이나 사장이 돼서 나 무시했던 놈들 가만 안 둘 거야."

한국사 강사 최태성의 강연 영상을 보는데 이런 말이 나왔다. 그가 아이들에게 꿈이 뭐냐고 물으니 변호사, 의사, 판사로 답했는데, 그런 아이들에게 그는 꿈을 '명사'로 갖지 말라고 말했다. "나는 의사가 되어서 아픈 사람을 도와주고 싶어요. 나는 변호사가 되어서 억울한 사람을 도와주고 싶어요"

처럼 꿈은 '명사'가 아니라 '동사'여야 한다는 거다.

정치인, 사장이라는 명사가 뒤의 동사로 인해 얼마나 천박해질 수 있는지를, 권력과 돈에 집착하다 사람이 얼마나 보잘것없어질 수 있는지를 나는 그를 보면서 알게 됐다. 그에게는 성공해야 하는 이유도 그토록 졸렬했다.

그는 꿈을 향해 작은 목표를 하나하나 달성해나가면서도 늘 만족하지 못했다. 몇천만 원씩 연습 삼아 주식 투자를 해볼 수 있을 정도로 집안이 부유한데도 자신보다 더 가진 부자를 늘 부러워했고, 대내외적으로 영향력이 있는 사회적 지위를 가졌는데도 오로지 사회 최상위 포식자가 되기만을 꿈꿨다. "다른 사람을 도우며 살겠다"라든가 "세상에 좋은 영향을 주겠다"와 같은 공생의 가치나 이타심은 그의 사전에서는 찾아볼 수 없었다. 그래서인지 그가 내뱉는 말과 단어는 늘 불평과 불만, 욕심과 욕망, 시기와 질투로 가득 차 있었다. 가만히 있어도 온몸에서 부정적인 기운이 뿜어 나왔다. 그의 방향도, 브레이크도 없는 욕망은 계속 스스로를 채찍질해 더 높은 곳으로 나아가게 해주었을지는 몰라도, 내 눈에 그는 평생 고귀해지지도, 행복해지지도 못할 그저 불쌍한 인간이었다.

한편 그가 돈과 권력에 집착하는 이유를 잘 들여다보니 그건 뼛속 깊이 자리 잡은 피해의식과, 비뚤어진 자존감에서 비롯되는 것 같았다. 그는 불행한 가정환경, 학창 시절의 왕따 경험, 외모로 놀림을 받았던 과거사를 돌림노래처럼 이야기 했고 성형외과에도 자주 다녔다. 자신보다 조금이라도 잘나가 보이는 지인이 있으면 시기하며 몸부림쳤고, 남들이 자신을 무시한다는 생각을 과할 정도로 해서 신호를 못 보고 횡단보도로 살짝 넘어온 차를 발로 차기도 했다. 오로지 자신밖에 모르는 이기심, 극도의 자기혐오, 돈과 권력에 대한 집착이 그런 방식으로 표출되는지도 몰랐다. 그는 그만큼 타인을 짓밟아야, 그래서 사람들이 자기 발아래 엎드려야 자존감이 서는 모양이었다. 자신의 욕망을 채우고 자존심을 지킬 수 있다면 물불을 가리지 않을 듯한 행동과 눈빛…. 사장이 돼서 떵떵거리며 살 거라는 그는 정작 자기 자신은 인정할 줄을 모르는 것 같았다. 그런 그가 다른 사람을 진심으로 존중할 수 있었을까. 그와 대화를 나눌 때마다 미묘하게 무시당하는 느낌이 들었던 건 착각이 아니었다. 그에게는 사랑도 자신의 인정 욕구를 채우기 위한 하나의 방편이었다. 서로를 있는 그대로 인정하고 아낄 줄 아는 관계, 그 똥차와는 불가능한 일임을 나는 너무 늦게 알았다.

뉘예~ 뉘예~
그래서 꼭대기에는 올라가셨나?

03

축구랑 사귀지, 왜 나랑?

몸살을 심하게 앓았던 날이었다. 여덟 시쯤 아르바이트를 마치고 집에 왔는데 점점 열이 나고 몸에 힘이 빠져 앉아 있기도 힘들었다. 그에게 연락하니 와주겠다고 했는데 한참을 기다려도 감감무소식이었다. 결국 그가 온 것은 밤 열한 시가 넘어서였다.

알고 보니 그날은 그가 열성적으로 나가던 축구 동호회에서 연습이 있었고, 그는 중간에 나온 게 아니라 연습을 다 마치고 온 거였다. 그는 선배들 눈치를 봐야 하는 YB가 아니라 OB였고, 축구는 한 명이 빠진다고 연습이 불가능한 운동도 아니었다. 온다고 해놓고는 아무런 연락 없이 한참 뒤에야 나타난 그가 야속했지만 늦게라도 와서 내 병간호를 해준 게 고맙기도 했다.

그날 새벽이었다. 물수건을 얹고 잠이 들었던 나는 네 시쯤 온몸이 춥고 떨려 잠에서 깼다. 열이 떨어지기는커녕 밤사이 더 심해졌던 것이다. 으슬으슬 몸이 떨리는 게 이가 부딪힐 정도였다. 어지럽고 온몸에 힘이 들어가질 않아 혼자서는 도저히 일어날 수 없는 상태라 옆에서 자고 있던 그를 깨웠다. "열이 심해서 응급실 가야 할 것 같아." 그러자 그가 말했다.

"조금만 더 참아보자. 지금 응급실 가면 돈 많이 들잖아."

그가 아팠다면 나는 그를 주저하지 않고 응급실에 데려갔을 것이다. 취준생이라 돈 걱정을 해야 하는 나와 달리, 직장인인 데다가 집안 환경도 유복한 그가 돈 핑계를 대니 더 어이가 없었다. 아니, 설령 돈이 없다 해도 사랑하는 사람의 건강이 돈보다 중요하다는 생각이 애초에 들지 않았던 걸까? 아니면 자다 말고 병원에 가기가 귀찮은 걸까? 다행히 열은 차츰 떨어졌지만 옆으로 돌아누우면 코를 골며 편히 잠든 그의 모습이 보였고, 그럴 때마다 그의 이기심을 거듭 확인하는 것만 같아 마음이 딱딱하게 얼어붙었다.

또 한번은 내가 물혹 제거 수술을 받은 날이었다. 간단한 수술이었지만 하루쯤은 거동이 불편한 상황인지라 남자 친구의 도움이 필요했다. 연락을 하자 그는 이번에도 축구 동호회에서 연습을 하는 중이라고 했다. 내가 수술을 받았으니 하루만 옆에 있어 달라고 부탁하자 그는 "우리 가족은 독립적이라 간단한 수술은 서로 간호하지 않아. 수술도 혼자서 받으러 다니고 수술 후에도 알아서 추스르거든"이라고 말하는 게 아닌가. 내가 그래도 연인 사이에 너무한 거 아니냐며 따지고 드니 결국 그는 날 보러왔다. 죽을 들고 나타난 그는 나를 보자마자 퉁명스러운 표정과 짜증스러운 말투로 이렇게 쏟아냈다.

"이 더위에 세 군데나 들러서 죽을 사 왔어. 축구 연습 약속이 있었는데 취소하고 오는 길이야. 근데, 멀쩡해 보이네. 넌 왜 이렇게 나에 대한 배려가 없냐?"

그는 나와 만날 때 자신의 스케줄을 희생해야 하는 게 싫다며 짜증을 냈고, 내가 힘들 때 친구들을 만나러 가버렸고, 내가 아플 때 곁에 있어도 나를 보살펴주지 않았다. 안타깝게도 나는 그런 사람에게 가족보다 더 가족인 것처럼 기대려고 했다. 상대를 위해 희생해야 하는 상황에서 어떻게 행동하는지를 보면 서로에게 어떤 존재인지가 드러난다. 썩은 나무 기둥에는 기대지 말아야 했는데. 나무가 넘어가고 둥치에 깔려 다친 후에야 나는 그 사실을 깨달았다. 아픈 나를 더 짓밟고 상처 낸 그 사람은 똥차 중의 똥차, 아주 구린내가 진동하는 똥차였다.

얼어붙은 마음에도
응급처치가 필요했던 밤….

내가 음식이면 넌 음식물 쓰레기!

김연아 선수가 피겨스케이팅으로 세계 무대를 한창 휩쓸던 때였다. 그와 함께 피겨 대회 시상식을 보고 있었는데, 시상대에 선 한국, 일본, 이탈리아 선수를 보더니 그가 말했다.

"김치, 스시, 피자네."

여자를 음식에 비유하고 그걸 또 농담이라고 내뱉는 그의 언행에 충격을 받아 나는 할 말을 잃고 말았다.

또 하루는 우연히 그의 휴대전화를 보았다. 내 몸에 대한 품평이 오가는 카카오톡 메시지가 휴대전화 액정에 미리보기로 떴던 것이다. 그는 전부 남성인 친한 친구들과의 단톡방에서 여자 친구인 나의 가슴 사이즈를 품평하고 있었다. 그는 평소에도 내게 살이 쪘다느니, 배가 나왔다느니, 옷차림이 촌스럽다느니 등등 외모에 대해 지적하곤 했다. 하지만 나와도 자주 같이 봤던 친구들 앞에서 나를 그런 식으로 고깃덩어리 취급을 하고 있을 줄은 몰랐다.

단톡방에서 오간 메시지들을 쭉 읽어보니 그의 문제적 언행은 그게 다가 아니었다. 나와 함께 갔던 축제의 행사 부스에서 마주친 진행 요원(여성)에 대해 "섹스럽게 생겼다", "먹고 싶다"라는 둥의 메시지를 단톡방에 남겼던 거다. 여자 친구가 옆에 있는 상황에서 다른 여성을 거리낌 없이 성희롱하고 있었다니 충격적이었다. 뿐만 아니라 함께 수업을 듣는 학생(여성)의 신체 일부를 찍어 단톡방에 올리면서 "다리가 예쁘다", "꼴린다"라는 말을 남기기도 했다.

지금이라면 당장 신고했겠지만 당시에는 어찌할 방법을 몰라 화만 펄펄 냈다. 그러자 그는 이렇게 변명했다.

"친구들 앞에서 센 척하느라 그랬어." "남자들끼리 모이면 다들 이러고 놀아."

말에는 사람의 의식과 가치관이 담긴다. 농담에는 사람의 무의식과 욕망이 담긴다. 여자들을 습관적으로 성적 대상화하는 그의 언행에는 남성성을 여성성의 우위에 놓고 과시하려는 심리가 깔려 있었다. 심지어 그게 왜 잘못된 것인지도, 그 태도를 고칠 의지도 없는 그에게 여자 친구인 나는 동등한 인격체가 아니라 그저 씹고 뜯고 즐기는 음식과 다름없는 존재였다. 상대를 인간으로 보지 않는 본인 스스로야말로 인간 대접조차 받을 자격 없는 똥차인 줄은 모르고.

얼평, 몸평, 성희롱하는 게
센 척이라고? 그건 센 척이 아니라
범죄야, 이것들아!

우리가 좋아하는 스킨십?
너만 좋은 스킨십!

그는 폭주하듯 스킨십 진도를 나가고 싶어 했다. 내가 마음의 준비가 되지 않아 그를 거부하면 그는 온종일 묘하게 차가운 태도로 나를 안절부절못하게 했다. 내가 "기분이 상했냐"고 물어보면 "아니야"라고는 하면서도 누가 봐도 기분이 상한 표정을 지어 데이트하는 내내 분위기를 불편하게 만들었다.

아마 그도 알고 있었을 것이다. 자신과 성관계를 하지 않아 기분이 상했다고 하면, 스스로 나쁜 남자 친구라고 인정하는 꼴이 된다는 걸. 그래서 내게 치졸한 방식으로 불만을 드러내고 있다는 걸.

"나는 별로인데 그가 좋아하니까, 그의 스킨십에 응해줄

지 말지 고민이 될 때가 있어."

　　친구 A와 연인 사이의 스킨십에 대한 이야기를 나누던 중 내가 이런 고민을 털어놓은 적이 있다. 그러자 A가 말했다. "네가 조금이라도 꺼려지는 건 하지 마. 네가 좋다는 전제하에 상대의 만족을 허락해." 그러면서 A는 자신의 경험담을 들려주었다.

　　연애 초반에 A는 자신이 내키지 않는 스킨십을 남자 친구를 위해 꾸준히 해주었다고 한다. A에게는 즐거움은커녕 힘든 노동일 뿐이었지만 남자 친구가 워낙 좋아했던지라 티를 내지 않았다고 한다. 하지만 애초에 좋지도 않던 스킨십을 무리해서 했던지라 점점 억지로 하게 되었고, 나중에는 스트레스가 심해 스킨십 자체에 거부감이 드는 정도가 됐다. A는 고민하다가 결국 남자 친구에게 조심스레 고백했다. "사실 나 이거 별로 안 좋아해. 네가 좋아하니까 해왔는데, 이제는 힘들어서 못 하겠어." 그러자 남자 친구는 어처구니없다는 듯 화를 내며 이렇게 말했다고 한다.

　　"그럼 지금까지 왜 좋아한 척한 거야?"

A는 남자 친구의 적반하장에 분노를 터뜨렸고 자존심을 내세우며 뻗대던 그가 결국 사과하며 빌었지만 끝내 둘은 헤어졌다고 한다. "그때 나한테 화를 낼 게 아니라 그동안 몰랐던 거 미안했다고, 날 위해서 해줬던 거 고맙다고, 앞으로는 하지 말자고 했어야 옳지." A의 논박에 갈팡질팡하던 스킨십에 대한 고민이 깔끔히 정리되는 느낌이 들었다.

성(性)처럼 본능적인 영역에서는 자신을 숨기기 어려운 법이다. 성관계를 거부했다는 이유로 온종일 분노, 슬픔, 모멸감이 뒤섞인 채 그와 데이트했던 그날의 내가 안쓰러웠다. 그가 내게 차갑게 굴었던 건 내 잘못 때문이 아니라, 단지 그의 이기적인 욕구 때문일 뿐이었는데, 그런 줄도 모르고 그의 기분을 살피며 눈치 보던 내가 생각할수록 안타까웠다. 상대가 좋다고 다 괜찮은 게 아니라고, 내가 싫으면 싫은 거라고 그때의 나에게 간절히 알려주고 싶다. 스킨십, 성관계에서 혼자 폭주하는 똥차, 반드시 처음부터 피해갈지어다!

너만 좋아하는 스킨십
나는 싫어!

콘돔이 보내는 신호

친구 B에게 이런 이야기를 들었다. 남자 친구와 성관계를 하다 콘돔이 빠졌다. 급히 택시를 불러 타고 산부인과에 갔는데 그가 육천 원 정도 나온 택시비를 굳이 자기가 내겠다고 우겼더랬다. 그런데 병원에서 사후피임약 처방이 나오자 그가 대기실 소파에 앉은 채로 당연하다는 듯 그녀에게 수납을 하고 오라고 시켰다는 게 아닌가? 사후피임약은 오만 원 정도다. 상식적인 수준의 책임감이 있는 연인이라면 적어도 절반은 부담하려고 해야 하지 않을까? 그녀가 황당해하며 따지자 그는 이렇게 말했다고 한다.

"내가 택시비 냈잖아!"

그녀는 과거에 비슷한 상황에서 그와는 달리 모범 답안처럼 행동했던 옛 애인을 떠올렸다. 그는 "회사에 반차를 낼 테니 함께 산부인과에 가자"고 했고, "걱정을 끼쳐서 미안해"라며 그녀를 꼭 안아주었고, 사후피임약을 계산할 때에도 나서서 계산을 했다고 했다.

임신 계획이 없다면 성관계 시 콘돔은 필수지만, 콘돔을 쓴다 해도 콘돔이 찢어지거나 빠지는 등 피치 못할 상황이 생길 수 있다. 그럴 때 대처하는 태도를 잘 살피자. 사후피임약 수납을 떠넘기는 남자가 과연 산부인과에서만 그럴까? 사랑하는 두 사람이 함께해나가야 할 수많은 일들(가사 노동, 돌봄 노동, 경제적 책임 등)에서도 마찬가지이지 않을까? 물론 그렇게 무책임한 똥차와 결혼까지 할 일은 절대 없고 해서도 안 되겠지만, 혹시라도 상대에게 깊이 빠져 미래를 꿈꾸고 있다면 콘돔이 보내는 신호를 가벼이 넘기지 말아야 한다. 똥차에게서 미래의 나를 구출해줄 아주 귀중한 시그널이기 때문이다.

즐거울 땐 천생연분이라더니
책임질 땐 각자도생이냐?

보자 보자 하니까,
공공장소에서 이럴래?

그와 분위기 좋은 칵테일 바에 함께 갔다. 나란히 앉아 여행 계획을 짤 때까지는 분위기가 좋았다. 숙소 예약과 관련해 의견 차이가 좀처럼 좁혀지지 않아 입씨름이 벌어졌다. 자기 의견을 굽히지 않던 그가 갑자기 소리를 꽥 질렀다.

"내가 왜 이런 걸로 시간을 낭비해야 해? 네가 적당히 맞추라고!!"

가게 안에 있던 사람들이 눈을 동그랗게 뜨고 우리를 쳐다봤다. 황당함, 창피함, 화가 뒤섞인 나는 이게 바로 모멸감이구나, 싶었다. 그래서 말없이 일어서서 그곳을 나와버렸다.

그 무렵에 그가 회사 일을 비롯해 이런저런 문제로 스트레스가 많은 건 알고 있었지만, 아무리 생각해봐도 공공장소에서 그가 내게 소리쳐서도 안 되었고, 내가 그에게 그런 대우를 받을 이유 또한 없었다.

많은 사람들 앞에서 누군가에게 소리를 지르거나 화를 내는 데는 두 가지 이유가 숨어 있다. 첫째, 불특정 다수에게 자신의 '힘'이나 '권력'을 과시하고 싶은 마음. 한 단계 더 분석해보면 그렇게 과시해야만 자기만족이 느껴질 정도로 자존감이 낮다는 얘기다.

둘째, 상대방의 마음이 다칠지를 걱정하기보다는, 자신의 감정 표출만을 중시하는 극도의 이기심이다. 그는 많은 사람들이 지켜보는 데서 좋지 않은 대우를 받고 모멸감을 배로 느낄 연인을 배려하는 마음보다, 순간적인 자신의 감정을 폭발시키는 게 중요하기 때문에 그렇게 행동하는 것이다.

'공공장소'라는 키워드는 사실 스킨십 면에서도 굉장히 중요하다. 공공장소에서 스킨십할 때 나를 어떻게 배려하는지도 연인 관계에서 유심히 살펴보아야 하는 문제다. 한번은 사권 지 두 달도 되지 않았는데 길거리에서 자꾸 내 엉덩이를 만지거나 가슴을 대놓고 쳐다보는 똥차가 있었다. 여러 번 싫다고 하거나 화를 내는데도 그가 또다시 공공장소에서 내 몸을 건드렸을 때, 나는 그대로 그의 정강이를 걷어차고 집으로 와 버렸다.

알고 보니 그는 성매매 업소, 불법촬영 등 많은 쓰레기 같은 행위를 비롯해 '여성 혐오'에 찌든 남자였다. 주변 지인들의 이야기를 들어봐도 길거리에서 상대방에 대한 배려 없이 스킨십을 하는 사람치고 멀쩡한 사람을 보지 못했다. 다른 사람들이 보든 말든 연인이 싫다는데도 그런 행동을 하는 것은 둘만 있을 때뿐만 아니라 타인들 앞에서도 나를 사람 아닌 욕구 충족의 수단 취급을 하겠다는 뜻이다.

명심하자. 둘만 있을 때도 조심스러워야 하는 게 연인 관계인데, 공공장소에서 나를 인격적으로 대우하지 않는다면 더 재볼 것도 없는 똥차다.

이거 봐, 이거 봐~.
누가 밖에서 새는 바가지
아니랄까 봐.

가스라이팅 하려고?
응, 아니야

그는 사소한 일로 싸울 때도, 그리고 양측의 양보와 합의가 필요할 때도, 항상 그 싸움이 내 잘못과 실수인 것처럼 대화를 몰아갔다. 언젠가부터 마지막에 사과를 하는 것은 늘 나였다. 그가 언뜻 논리정연해 보였기에, 그리고 내가 그를 너무 사랑했기에 사과를 했던 거다. 그를 실망시키고 싶지 않았던 나는 점점 더 그의 눈치를 많이 보게 됐지만 종종 혼란스럽기도 했다. '분명히 나만 잘못한 게 아닌 것 같은데', '분명히 지금 내 기분이 좋지 않은데…'처럼 찜찜한 부분이 많았음에도, 갈등 상황이 생길 때마다 나는 무기력하게 <u>스스로의 감정조차 속이게 됐다.</u>

'가스라이팅'은 상대방의 심리를 교묘하게 조종하는 행

위로, 가스라이팅의 피해자는 스스로에 대한 확신이 없어지고 자신의 감정이나 판단조차 의심하게 된다. 가스라이팅 가해자는 지극히 자기중심적이기에 타인의 감정에는 관심이 없고 자신이 얼마나 화나 났는지, 자신이 얼마나 힘든지만 어필하는 경향이 높다. 이타적인 사람일수록 그런 가해자를 잘 배려하고 공감해주기 때문에 피해를 당하기 쉽다는 분석도 있다.

"너는 항상 네 기분만 중요하지", "아니야. 분명히 네가 그렇게 말했었어"라고 나를 가스라이팅 하던 똥차는 자주 이렇게 말했었다. 말다툼을 할 때마다 그는 나에게 "너는 고집이 너무 세", "너는 항상 그게 문제야"라는 말을 입버릇처럼 해댔다. 자신은 옳고 나는 틀렸다는 말을 직·간접적으로 표현하는 게 일상이었다. 그럼에도 나는 그가 좋아서, 싸우고 난 뒤에는 그를 잃을까 두려워 명백히 그가 잘못한 상황에서도 혹시 내가 잘못한 게 있지는 않은지 돌아보고 자책하기 바빴다.

그러던 어느 날, 문득 이런 생각이 들었다. 내가 왜 이런 대우를 받아야 하지? 그러고 나니 모든 게 선명해졌다. 나는 더는 그의 강압적인 사고방식에 나를 맞추지 않기로 했다.

그 이후로 다시는 가스라이팅을 당하지 않겠다고 다짐하며 나는 어떠한 인간관계에서든 다음을 잊지 않고 점검하려고 했다.

1. '나'와 '타인'을 분리하기
2. 원만한 관계를 유지한다는 이유로 습관적으로 사과하지 않기
3. 나중에 후회할지언정 스스로 선택하고 판단하기

가스라이팅은 가해자의 인정과 사랑을 받고자 하는 갈망, 가해자를 잃을 수 있다는 두려움에서 시작된다. 가스라이팅에서 벗어나기 위해 중요한 것은 가해자가 피해자인 나를 가스라이팅 하도록 '허락'하지 않는 것이다. 타인을 헤아리고 배려하는 마음을 철저하게 이용하는 사람이 있다는 것을 명심하자. 서툴고 미숙하다 해도 자기의 중심을 타인에게 내어주지 말자. 어떤 관계에서도 결국 가장 중요한 건 나다.

너한테 휘둘릴지 말지는
내가 결정해!

용서를 비는 게으른 방법

우리의 연애가 끝나게 된 결정적인 원인은 그의 바람기였다. 그가 전에 술을 먹고 이 여자 저 여자에게 연락했던 걸 내게 들켜서 이별을 고했다가, 그가 하도 싹싹 빌길래 용서해주고 넘어간 적이 있었다. 하지만 그는 속죄하기는커녕 무슨 짓을 해도 용서해주는구나, 라는 생각이 들었는지 결국 바람피우는 장면을 내게 들키고 말았다.

그 광경을 보자마자 나는 그의 뺨을 때리려 부들거리는 손을 올렸다가 이내 도로 내렸다. 몇 번을 그렇게 했는지 모르겠다. 하지만 나는 결국 때리지 못했다. 아니 때리지 않았다. 사람이 너무 더럽게 느껴지면 때릴 의욕도 사라진다는 걸 그때 처음 알았다. 대신에 화려한 스펙과 달리 자존감은 바닥이라, 늘 나와 다른 사람을 질투하고 비하했던 그가 길바닥에서 무릎을 꿇고 싹싹 비는 것을 나는 경멸에 찬 눈으로 내려다보았다. 나보다 가진 게 절대적으로 많았음에도 결코 행복하지 못했고 늘 욕망과 권력에 목말라 하는 그를 만나면서, 누군가를 사랑하면서 동시에 혐오할 수도 있다는 걸 알았다.

나는 왜 그런 사람을 바꿀 수 있다고 믿었을까? 물론 그를 사랑했기 때문이었다. 나는 지금은 기억도 나지 않는 이유로 그를 참 많이 사랑했다. 그가 바람을 피운 것만으로도 그에게 많이 의지했던 나의 세계가 와르르 무너졌는데, 그는 아랑곳하지 않고 끈질기게 나를 붙잡으며 더욱 괴롭게 했다. 바람을 피워 놓고도 잘도 감히 "진짜 사랑했다"라고 말했다. 꽃다발과 편지를 내밀면서 한 번만 더 기회를 달라고 매달렸다. 하지만 나는 그가 내민 꽃다발을 보고는 깨달았다.

너는 그냥 내가 만만하구나.

대학생 시절 그와 함께 스터디했던 때가 떠올랐다. 어느 날 간식을 먹으며 스터디 준비를 함께하고 있었는데 스터디 멤버가 도착하자 그는 그녀와 수다를 떨면서 자기가 먹은 빵과 우유를 나더러 치워달라고 말했다. 어떻게 그는 나를 청소부 취급을 할 수 있었을까? 내가 만만했기 때문이다. 그는 나에게 잘못하고 용서를 구할 때마다 꽃과 편지를 들고 찾아왔다. 그래서 바람을 피우고도 예전처럼 '꽃과 편지'를 건네면 용서하고 넘어가줄 거라고 생각했던 거다. 그의 뻔뻔함에 소름이 돋았다. 나는 꽃과 편지를 길바닥에 힘껏 내팽개쳤다.

연인 사이에 미안한 일이나 갈등이 생기는 건 당연하다. 그러나 사과하거나 갈등을 풀기 위해 진심을 전하는 방식에 대한 고민은 무엇보다 진지해야 한다. 잘못할 때마다 진심이라고는 눈곱만큼도 없이 건네는 꽃과 편지는 내가 그에게 얼마나 무가치한 사람으로 취급받고 있는지를 알려주는 증거품이나 마찬가지였다. 그 게으른 똥차는 지금 또 누군가에게 잘못을 저지르고 꽃다발을 건네고 있을 것이다. 그리고 친구들에게 으스대겠지. "여자들은 꽃다발이면 깜박 죽어!"

사랑해서 용서해줬더니
호구 취급을 하네···.

뜨거운 연애의 섬뜩한 끝

우리가 연애를 시작할 때 그의 구애는 뜨거웠고 나는 그 강렬한 애정 표현을 확실한 사랑의 증거라고 믿었다. 다투기라도 하면 마음이 찢어진 듯 아프면서도 며칠 못 본 사이 그가 그리워 혹시 집에 가는 길목에 그가 기다리고 있지는 않을까 기대하기도 했다. 편안함이나 행복보다는 비운의 여주인공처럼 느껴지게 만드는 긴장감 넘치는 감정의 널뛰기에 흠뻑 빠져버렸다. 매일 밤 눈물을 흘리며 이렇게 마음이 아픈 건 그만큼 그를 사랑해서라며 소용돌이치는 감정을 즐겼다.

내가 이별을 통보하면 그는
드라마 속 비운의 주인공인 양 필사적으로 매달렸다.
하지만 지금 생각해보면

그가 한 건 가택 침입, 스토킹 등 범죄 수준의 행위였다.

그건 로맨스가 아니라 아니라 집착이었다. 내가 이별을 통보하면 그는 내 의사를 무시하고 계속 연락했다. 그의 전화번호를 차단하면 메신저의 버그를 이용해 나를 빠져나가지 못하는 카카오톡 채팅방에 가둬놓고는 계속 자신이 하고 싶은 이야기를 해댔다. 어떤 날은 새벽 한 시에 찾아와 계속 문을 두드리고 벨을 눌러댔다. 그러고는 내가 출근하러 밖으로 나올 때까지 집 앞에서 신문지를 덮고 잤다. 매일 우편함에 편지를 넣어놓았는데 내용은 뻔했다. "죽을죄를 지었어. 하지만 내가 정말 사랑하는 건 너뿐이야. 내 잘못을 속죄할 수 있다면 뭐든 할게. 한 번만 용서해줘. 우리가 함께라면 극복할 수 있어." 나중에 알게 된 사실이지만, 그는 그때 이미 나와 헤어졌다며 여기저기 소개팅을 하고 다녔다고 한다.

하루는 그가 새벽에 술 냄새를 풍기면서 우리 집 문을 열고 들어왔다. 그와 공유했던 현관 비밀번호를 미처 바꾸지 않은 탓에 나는 속수무책으로 무단침입을 당하고 말았다. 그는 불도 켜지 않고 내 옆에 누워 은근슬쩍 제 팔을 내 몸에 둘렀다. 공포와 혐오로 온몸이 굳는 느낌이었다. 재빨리 현관으로 뛰어나가 문을 열어두고, 나가지 않으면 경찰을 부르겠다고 소리를 질렀다.

연인을 정말 사랑한다면 상습적으로 바람을 피운 뒤 로맨틱한 척하며 집착하는 게 아니라, 애초에 바람을 피우지 않았을 것이다. 그가 보여준 것은 진정한 사랑을 놓지 못한 서글픈 미련이 아니었다. 염치없고 무책임하고 강압적이며 이기적인 사람이 부리는 오기였다. 그가 보여준 행동들은 진심 어린 사죄나 배려 따윈 찾아볼 수 없는, 사랑이라 부를 가치조차 없는 폭력이었다. 신체적 폭력까지는 아니었다고 해도 스토킹과 가택 침입만으로도 정신적 폭력을 포함한 엄연한 데이트 폭력이었다.

본인이 나에게 얼마나 씻을 수 없는 상처를 줬는지 그가 똑바로 알았다면, 사랑하는 사람에게 상처를 준 게 정말 미안했다면, 그래서 진심으로 사죄하고 용서받고 싶었다면, 자신의 잘못에 책임을 지고 이별의 아픔을 스스로 짊어졌으리라. 나는 그것이 사랑을 매듭짓는 성숙한 방식이라고 생각한다.

헤어질 땐 단호하게!
드라마 주인공 행세 금지!

사랑한다고 해서, 사과한다고 해서

"그래도 그 사람은 자기 잘못을 인정하고 노력해.", "그래도 그 사람은 진심으로 사과해." 그와 연애하며 괴로울 때 나는 가까운 친구에게 상담하며 이런 말을 자주 했다. 그러면 내 친구는 "너는 진실을 똑바로 보고 있지 못해"라고 외치는 듯한 눈빛으로 나를 봤다. 사람마다 "그래도 이 사람은~"이라고 말하게 되는 상황은 다양할 것이다. 이 말은 거짓말부터 여사친 문제, 막말과 폭력까지, 다양한 유형의 똥차에게 너그럽게 아량을 베푸는 사람들이 주로 하는 말이다. 하지만 이 사실을 기억해야 한다. 애초에 상처를 주지 않는 게 옳다는 걸. 상처 준 뒤에 용서를 구하며 하는 달콤한 말보다 그에 앞섰던 불량한 행동을 봐야 한다는 걸. 사랑 역시 말보다 행동이라는 걸.

행동만 보면 모든 게 심플해진다.

상대가 나에게 상처를 줄 때 그 사람도 상황이 힘드니까, 나도 잘한 건 없으니, 라고 생각할 게 아니라 그가 당신에게 상처를 줬다는 사실 자체에 주목해야 한다. 당신에게 상처를 주는 것은 그가 당신에게 상처를 줘도 된다고 생각하기 때문이다. 조금 더 단순한 예로 그가 연락이 없는 것은 연락할 마음이 없기 때문이다. 그가 연락을 못 하고 있는 이유를 추측하려고 들지 말고 연락을 하지 않은 사실에 주목하자.

내가 그를 사랑한다고 해서 그가 잘못을 저지른 후 진심 어린 사과를 한다고 해서, 사과를 받아주고 용서해줘야 할 의무는 없다. 그래야만 진정한 사랑인 것도 아니다. 어떤 이유에서든 내가 상처를 받아가며 이해해줘야 하는 사랑은 없다.

내가 자꾸 그를 변호하려 드는 상황이 계속된다면 한 발자국 떨어져서 관계를 다시 생각해볼 필요가 있다. 그가 나를 정말 사랑했다면 몇 번이나 고치기로 약속한 잘못을 다시 저지르지는 않았을 것이다. 조금 더 조심하고, 더 배려했을 것이다. 그리고 스스로에게도 물어봐야 한다. 그가 나를 사랑하지 않는다는 사실을, 그가 나를 존중하지 않는다는 사실을 인정하는 것보다 그에게 '나름의 이유'를 붙여주는 게, 혹은 내가 잘못한 것도 있으니까, 라는 식으로 자책하는 게 마음이 덜 괴롭기 때문에 그러고 있는 것은 아닌지. 그래, 우린 아직 괜찮아, 라는 합리화는 일시적으로는 안정감과 행복감을 주겠지만, 해결되지 않은 갈등에 대한 의문은 마음속 깊은 곳에서부터 자라나 결과적으로는 스스로를 고통스럽게 만들 것이다.

진정 사랑한다면 애초에 잘못을 저지르지 않으려 노력한다. 마음의 평화는 가슴 아프더라도 사실을 인정하고, 두렵더라도 변화하겠다고 결정해야 비로소 맞이할 수 있는지도 모른다. 그리고 그것이 우리가 똥차에게서 벗어나는 가장 현명하고 빠른 지름길이다. 물론 애초에 만나지 않는 게 가장 좋겠지만.

상처로 얼룩진 사랑이라면
그건 사랑일까? 아닐까?

자극적이고 중독적인
불량 식품 같은 똥차 거르는 팁!

□ "너 배가 좀 나온 것 같다?"

체중이며 피부며 빈틈없이 외모 관리를 하는 사람은 얼핏 어른스럽고 세련돼 보인다. 하지만 외모 관리의 동기가 낮은 자존감에서 비롯된다면? 게다가 엄격한 외모 관리의 잣대를 연인에게까지 거침없이 들이댄다면? 주저없이 얼평과 몸평을 하는 사람은 경계하자.

유튜브 채널 「사피엔스 스튜디오」에서 심리학자 김경일 교수는 남성이 여성의 외모를 지속적으로 평가절하하고 비웃는 것은 '너는 나 말고 다른 남자를 만날 수 없다'라는 강한 구속력을 내포한 언어적 폭력이라고 말했다. 또한 지속적인 외모 평가는 데이트 폭력의 전조 증상이라고도 덧붙였다.

□ "내가 상처가 많아…."

만난 지 얼마 되지 않았는데 개인사를 들먹이며 한 마리 어두운 짐승인 척하는 사람은 문제를 일으킨 뒤 불쌍한 척하며 잘못을 정당화하기 쉽다. '상처가 많아서 안정적인 관계에 자신이 없다'라며 바람을 피운다든가, '상처가 많아서 사람을 잘 못 믿는다'라며 상대를 구속하는 경우가 그러한 예다. 한마디로 정의하자면 '자기 연민형 똥차'다.

연애를 하면서 애착 관계가 공고해지면 '자기 연민형 똥차'가 변명을 무분별하게 늘어놓아도 측은하게 여기고 받아주기 쉽다. 상처가 많다는 그가 불쌍해서 잘못을 해도 '그 사람은 불행한 일을 겪었으니까', '마음이 불안정하니까'라며 그를 감싸준다. 그렇게 작은 잘못을 덮어주고 이해하다 보면 그가 점점 더 큰 잘못을 저질러도, 그 탓에 내 마음이 황폐해지고 사랑을 주고받는다는 감각을 잃어도 발을 빼기에는 늦은 지경에 이른다.

한편 '자기연민형 똥차'는 어딘가 말 못 할 사연이 있는 듯한 모습으로 호기심을 자극하고 나만이 그의 아픔을 이해할 수 있을 거라는 연민을 끌어내는 매력이 있다. 하지만 상처가 많다는 말의 본뜻은 내 선의를 이용해 자신이 원하는 바를 이루겠다는 착취의 선언임을 깨달아야 한다. 잊지 말자. 똥차들은 자신을 진심으로 걱정하고 연민할 선량한 사람을 귀신같이 알아보고 이용한다.

□ 어라? 나 지금 차단당한 거야?
연인과 다투거나 연인의 어떤 점이 마음에 들지 않을 때, 달랑 'ㅂㅂ' 따위의 메시지만 남기고 잠수를 타거나 메신저에서 연인을 차단했다, 풀었다 하는 인간이 있다. 바로 '잠수형 똥차'다.

예고 없이 연락 두절하는 방식으로 나를 심리적으로 통제하려는 사람을 만나면 힘들고 애타는 감정을 사랑이라고 착각하게 된다. 나를 불안하게 만들고 속을 보여주지 않는 그가 마치 '닿을 수 없는 매력을 가진 사람'으로 느껴지고, 안정적인 관계를 맺는 대신 '롤러코스터를 타는 듯한 스릴'에 중독되며, '드라마틱한 사랑'이라는 최면에 빠진다.

하지만 '잠수형 똥차'의 본질은 양심 부재와 무책임이다. '양심'의 심리학적 의미는 '애착에 바탕을 둔 의무감'이라고 한다. '잠수형 똥차'는 나와 제대로 된 애착을 형성하지 않았거나(또는 그러기 힘들거나), 나와의 관계에서 의무나 책임을 다하는 것보다 자신의 순간적인 감정과 쾌락만이 중요하다고 생각하는 미성숙하고 이기적인 인간일 뿐이다.

☐ 자기애는 하늘, 자존감은 땅

"걔는 돈이 없나 봐. 옷을 왜 그렇게 입지?", "길도 다 건너지 않았는데 버스가 횡단보도를 침범하는 거야. 그래서 버스를 발로 차줬지." 남을 깎아내리는 개그를 재미있어 하거나, 평소 자존심이나 힘의 세기, 외적인 요소에 집착이 강한 사람은 내면의 힘이 부족하진 않은지 잘 살펴봐야 한다.

'폼생폼사형 똥차'는 목표 지향적이고 성공을 위해 열심히 노력하므로 부, 학벌, 직업 등 외적으로 성취한 것이 많아 보이기도 한다. 또한 관계에서 주도권을 쥐려 하므로 리더십이 있고 언뜻 자신감이 넘쳐 보일 수도 있다.

하지만 자신이 가진 외적 조건을 과하게 자랑하거나 그의 기준에 미달하는 사람을 함부로 깎아내린다면, 사람을 외적인 기준으로만 판단한다면, 친절이나 배려 같은 인격적 성숙이 아닌 물질적인 성취에만 집중한다면 오로지 속물적이고 계산적이기만 한 인간은 아닌지 따져보아야 한다.

이러한 유형은 사소한 일에도 쉽게 무시당했다고 생각해 상대와 싸우려 들기도 한다. 한마디로 화가 많고 내면이 불안정하다. 누구나 자신에게 내재되어 있는 부정적 경험들 때문에 소위 '급발진' 하는 포인트가 있기 마련이지만, 보통 사람들은 그것을 감정적으로만 받아들이지 않고 이성적으로 파악해 해결책을 찾으려 한다. 이와 달리 외적인 것으로 빈약한 내면을 감춘 '폼생폼사형 똥차'는 '급발진' 포인트에 직면했을 때 제어할 내면의 근육이 없어 충동적이고 폭력적으로 화를 분출해버린다. 그리고 안타깝게도 그 불똥에 상처입는 건 곁에 있는 나다.

□ 끼리끼리 사이언스

유유상종은 과학적으로도 증명된 사실이다. 몇 년 전 미국의 어느 대학 공동연구팀이 마흔두 명의 실험 참가자에게 다양한 영상을 보여준 뒤 뇌파를 검사했더니 친한 친구일수록 뇌파가 비슷했다. 연구진에 따르면 뇌파 반응만으로 친분을 유추할 수 있을 정도였다고 한다. 신경과학자 우리 하슨의 연구에 근거해봐도 사람이 누군가와 대화할 때 뇌파가 비슷해지는 동화 현상이 일어난다고 한다. 즉, 자주 접촉하는 친구들과 대화하면 서로 영향을 주고받아 결과적으로 취향이나 사고방식이 비슷해진다는 뜻이다.

그만큼 친구는 중요하다. 여성 혐오가 만연한 친구들 가까이에서는 여성 혐오를 배우기 마련이며, 욕설을 남발하는 친구들에게서는 수준 낮은 언어 습관을 배우기 마련이다. 내 연인 곁에 어떤 친구들이 있는지 유심히 살펴보자.

□ "내가 잠깐 미쳤었나 봐."

이 말은 '앞으로도 미치게 할 거'라는 말의 다른 표현이기도 하다. 애초에 "내가 잠깐 미쳤었나 봐"라는 말이 나올 법한 상황을 상상해보자. 바람, 폭력, 도박 등 웬만큼 큰 잘못을 한 상황이 아니고서야 그러한 표현을 쓸 일조차 없을 것이다. "내가 잠깐 미쳤었나 봐"는 내 인생에서 내보내야 할 '중독형 똥차'를 알려주는 신호인 셈이다.

하지만 우리는 종종 "내가 잠깐 미쳤었나 봐"라는 말을 글자 그대로 해석하고 용서해주는 실수를 저지른다. '원래 괜찮은 사람인데 잠깐 정신을 못 차린 것뿐이야.', '다시는 안 그런다고 하니까 괜찮을 거야.' 그러나 이렇게 양해하는 데에는 허점이 있다. 앞서 말했듯이 원래부터 괜찮은 사람은 "내가 잠깐 미쳤었나 봐"라는 변명을 할 만큼 심각한 잘못을 저지르지 않는다. 또한 미쳐서 그랬다는 변명을 할 만큼 잘못을 저지른 사람 백 명 중 아흔아홉 명은 또다시 같은 잘못을 저지른다. 그만큼 쉽게 고쳐지지 않는, 중독성과 연관된 잘못이 많다.

내 연인이 백 명 중의 한 명일지도 모른다는 희망은

'중독형 똥차'의 눈물 어린 호소와 큰 시너지를 일으킨다. 하지만 시너지의 끝에는 관계의 파탄과 나 자신의 파멸이 있을 뿐이다. 일 퍼센트의 가능성과 그의 (소 잃고 외양간 고치기식) 눈물 연기에 내 귀중한 시간과 감정을 투자할 것인지, 구십구 퍼센트의 위험을 깨닫고 더 좋은 인연을 찾아 떠날지는 당신에게 달렸다.

□ "나올 때까지 기다릴게."

헤어지자고 말했는데도 계속 연락하거나 찾아오는 사람은 반드시 안전 이별을 위한 전략을 마련해야 할 '집착형 똥차'다.

정명원의 『친애하는 나의 민원인』에서는 사랑이 떠난 빈자리의 가치에 대해 말한다. 속을 알 수 없고 쉽게 변질되는 사랑보다는, 사랑이 떠나고 텅 비어버린 자리에 남은 것이 훨씬 더 미덥다는 것이다. 연애의 절정보다는 연애가 끝나는 순간이 사람과 관계에 대해 더 많은 것을 말해주는 경우가 있다. 그만큼 성숙하고 아름다운 이별은 중요하다.

내가 나올 때까지 집 앞에서 밤새 기다린다든가 하는 열정적인 사랑의 표현으로 보이는 행동이 도를 넘는 집착으로 발전하지는 않는지 주의 깊게 살피자. 전문가에 따르면 실제로 스토킹이 폭행이나 살인 등 중범죄로 이어질 확률이 높다고 한다.

2021년 10월부터 '스토킹범죄의 처벌 등에 관한 법률'이 시행됐다. 기존에는 십만 원 이하 벌금이나 구류 또는 과료에 그쳤지만, 이제는 최대 오 년 이하 징역이나 오천만 원 이하의 벌금이 부과된다. 이별 과정에서의 집착은 사랑이 아닌 폭력이며 범죄임을 분명히 인식해야 한다.

□ 사랑 고백도 스킨십도 쾌속 진행

썸을 탈 때는 뭐든 좋게만 보인다. 스킨십 진도를 확확

빼는 사람은 나를 리드하는 노련한 사랑꾼처럼, 만난 지 얼마 안 됐는데 사랑한다며 진지하게 고백을 하는 사람은 달콤한 로맨티시스트처럼 보이는 것이다. 하지만 육체적으로든, 감정적으로든 혼자 너무 앞서나가는 사람은 배려심이 부족하거나 자아도취적인 성향이 강한 '불도저형 똥차'일 가능성이 있다. 연애는 어느 한쪽만 감정을 일방적으로 밀고 나가는 것이 아니라 상대방의 반응을 살피며 보폭을 맞춰 걷는 일이기 때문이다.

진심으로 상대를 위한다면 자신의 육체적 욕구를 우선하기보다 '상대가 싫어하면 어쩌지', '혹시 지금은 너무 이른 거 아닌가'라며 끊임없이 행동을 돌아보고 조심스러워하기 마련이다. 그러므로 상대를 배려하지 않고 스킨십 진도만 나가려는 사람은 자신의 욕구가 앞서는 사람, 최악의 경우 육체적인 '정복'이나 '소유'에 집착하는 비뚤어진 욕구를 가졌을 가능성이 있다. 감정을 과잉 표출하는 사람 역시 '상대가 부담스러워할지도 몰라'라는 생각보다 내 감정을 표현하기 바쁜, 한마디로 '사랑하는 나 자신을 사랑하는' 나르시스트일 가능성이 있다. 이런 사람은 자신이 보이는 헌신과 애착에 걸맞게 반응해주기를 기대하며, 이성 친구들이 포함된 모임에는 나가지 못하게 막는 등 자신의 기준을 내세워 상대의 삶을 통제하려는 경향까지 보이기도 한다. 어느 쪽이든 사랑꾼처럼 보이는 '불도저형 똥차'의 일방통행을 조심하자.

□ 밥상머리 배려

"남자 친구가 내 음식을 빼앗아 먹는다", "남편이 맛있는 반찬을 자기가 더 많이 먹으려고 밥 밑에 숨긴다"라는 등 음식 때문에 정이 떨어져 헤어짐을 고민하는 사람들이 의외로 많다. 그만큼 식탁은 배려심과 예의 등 많은 걸 파악할 수 있는 장소다.

나 또한 함께 밥을 먹을 때 내 속도에 맞춰주거나 나에게 음식을 권하기보다는, 제 입에만 맛있는 걸 쏙쏙

골라 넣거나 자기 몫을 빠르게 먹어치우는 인간들을 많이 봐왔다. 그리고 그런 인간치고 이기적이지 않은 인간도, 내 속을 썩이지 않는 인간도 없었다.

그래서 요즘은 배고픔이라는 기본적인 욕구 앞에서, 맛있는 음식이라는 유혹 앞에서 상대가 나를 대하는 태도를 본다. 내가 잘 먹고 있는지 살피는 사람, 내 그릇에 큼직한 반찬을 한 번이라도 덜어주는 사람, 나와 속도를 맞춰 밥을 먹는 사람이 더 믿음직한 건, 어쩌면 당연한 일일지도.

부록 ◎ 자극적이고 중독적인 불량 식품 같은 똥차 거르는 팁!

Chapter 2

이상한 연애

네가 이럴 줄은
몰랐어

그와 나는 취준생 시절,
취업 스터디 모임에서 만났다.

사람들 앞에서 발표하는 그에게
나는 한눈에 반했다.

그도 나와 같은 마음인 걸 알았을 때는
세상을 다 가진 것처럼 황홀했다.

그는 똑똑하고, 사교적이고, 친절했다.

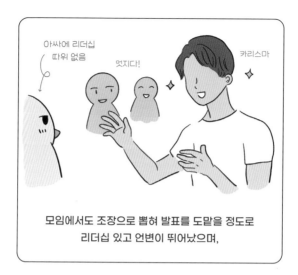

모임에서도 조장으로 뽑혀 발표를 도맡을 정도로
리더십 있고 언변이 뛰어났으며,

모든 사람과 잘 어울리는 만큼 인기도 많았다.

우리가 연애를 시작할 때,
그는 정말 로맨틱한 남자 친구였다.

네 생각나서
샀어.

그는 깜짝 선물로 나를 감동하게 했고
다정한 태도로 나를 공주처럼 대접했다.

하지만 나는 몰랐다.
그가 내게 줬던 선물 상자처럼

자신 또한 잘 포장하는
사람이었다는 것을.

친절하고 로맨틱한 그의 모습은
나를 위해서만 준비된 게 아니었다는 사실을.

화려하고 아름다운 포장지를 과감히 벗기자,
그의 진짜 모습이 드러났다.

훈남에게 혼남

그는 사랑할 수밖에 없는 로맨틱한 남자였다. 그는 이성이 어떤 포인트에서 설레는지 노련하게 알았다. 기념일은 물론이고 기념일이 아니어도 선물을 자주 했으며, 데이트를 할 때면 꽃과 아기자기한 전구로 장식된 레스토랑에 나를 데려가곤 했다. 하지만 그가 '나에게만' 로맨틱한 게 아니라는 걸 시간이 지날수록 알게 됐다. 친한 여자 후배들의 심부름은 거절하는 법이 없을 정도로 다정했고, 출장길에 여사친이 부탁한 물건을 사다 줄 정도로 친절했다. 그런 그가 인스타그램에 자기 사진을 올리면 '잘생겼다' '멋있다'라는 여자들의 댓글이 수십 개는 가뿐히 달렸다.

여자들이 줄줄 따르는 훈남이자 인기남인 그와의 연애

가 나는 불안했다. 그래서 그의 인스타그램 계정에 종종 질투하는 티를 내며 애정 표현을 했다. 이를테면 여사친의 댓글이 많이 달린 게시물에 커다란 눈동자 모양의 이모티콘 두 개를 댓글로 다는 식이었다. 온라인상의 여사친들은 눈치채지 못하는 우리만의 애정 표현이기도 했다.

"넌 어쩌면 댓글로 질투하는 것도 귀엽냐."

그는 내 질투 어린 애정 표현이 귀엽다며 좋아했다. "내 여사친들은 신경 쓰지 마. 나는 너 하나면 돼." 그는 이렇게 말하며 내 장난스러운 질투를 토닥이며 달래주기도 했다.

하지만 시간이 지날수록 그는 나에게 거짓 핑계를 대면서 여사친에게 '연락'을 했고, 여사친에게 '선물'을 했고, 여사친과 단둘이 '밥'을 먹었다. 그는 특별한 날도 아닌데 '갖고 싶다'라는 여사친의 한마디에 값비싼 액세서리를 선물했고, 여사친 역시 그에게 여자 친구가 있다는 걸 알면서도 밤늦게 단둘이 술을 마시자고 했다. 그러다가 그는 그녀와 연락하지 않기로 나와 약속해놓고 그녀에게 몰래 연락하는 것을 나에게 들켰다. 우리는 크게 싸웠고 이후로도 그가 여사친 여럿과 연락한 게 발각되면서 우리의 다툼은 더 잦아졌다. 계속해서 여러 여자들에게 선을 넘는 친절함을 보이는 그의 행동에 내가 화를 내면, 그는 내가 그럴수록 애정이 식는다는 듯 티를 냈다. 만인에게 친절한 사람이 내게만 싸늘하게 구는 태도를 겪어내는 건 정말 끔찍했다. 연락이 뜸한 날이면 나는 그가 이번에는 어떤 여자와 무엇을 하고 있을지 불안하고 피가 말랐다.

"내 여사친들이 너 무서워서 댓글을 못 달겠다고 하더라."

내게 마음이 식은 건지, 나와의 관계보다 여사친과의 관계가 더 중요해진 건지 그가 어느 날 갑자기 시간을 갖자며 이렇게 말했다. 게다가 그는 나에 대한 한 여사친의 불만을 내 앞에서 앵무새처럼 읊었다. "네 여자 친구 버드가 내 인스타그램을 팔로우하더라. 감시당하는 것 같아서 기분이 나빴다. 나를 왜 팔로우하는 건지 버드한테 한번 물어봐라." 그가 유독 그 여사친과 꽁냥대는 모습이 신경 쓰여 내가 그녀의 인스타그램을 살펴보다가 실수로 팔로우 버튼을 눌렀었다. 그렇다고 해도 내 남자 친구한테 불쾌하다며 일러바치는 그녀는 어떻게 그렇게 떳떳할 수 있을까? 또 그녀의 불만을 나한테 그대로 전하는 그는 도대체 무슨 생각일까? 언제는 귀엽다면서? 언제는 매력적이라더니? 나의 장점이 순식간에 단점으로 후려쳐지는 순간이었다.

이성끼리의 친구 관계를 어디까지 허용할지는 사람마다 다르다. 나는 괜찮다고 여기는 문제라 해도 내 애인이 그 일로 힘들어한다면 애인의 감정을 존중해 자중할 필요가 있다. 여사친과의 관계에서 선을 넘는 행동을 지속하고, 그로 인한 내 불안을 헤어지는 빌미로 사용한 그야말로 정말 무서운 똥차였다!

언제는 귀여운 질투고
언제는 짜증 나게 하는 집착이야?
도대체 어느 장단에 맞추라는 거야??

내로남불 썸남썸녀

연애 초반에 나는 전에 사귀었던 남자 친구가 바람을 피웠었다는 걸 그에게 이야기했다. 이전 연애에서 상처가 됐던, 나에게 조심해줬으면 하는 부분을 미리 알려주고 싶어서였다.

"버드야, 마음고생 많았겠다. 나는 절대 여자 문제로 네 속을 썩이는 일 없을 거야. 바람 피우는 일도 없을 거고." 그는 이렇게 말하며 나를 꼭 안아주었다. 우리는 혹시 모를 불상사를 미리 방지하기 위해 이런 약속까지 해뒀다.

- 이성에게 쓸데없는 호감 표현 금지
- 이성과 단둘이 만날 약속을 잡을 때는 미리 알려주기
- 이성과 단둘이 밤늦도록 술 마시는 건 되도록 피하기

하지만 꼼꼼한 사전 합의가 무색하게도 내게 관심을 보이거나 조금이라도 호의를 보이는 이성이 있으면 그는 내가 아무리 애인이 있는 티를 내고 철벽을 쳐도 못마땅해했다. 게다가 내게는 그래놓고 정작 본인은 여러 명의 이성에게 온갖 끼를 부려 나를 당혹스럽게 했다.

밤늦게 그의 노트북을 빌려 쓴 날이었다. 카카오톡 메신저에 그의 계정으로 로그인이 돼 있었던 모양이었다. 어떤 여자가 그에게 다정하게 연락을 해오길래 나는 메시지를 확인했다.

"너 정말 귀엽다.", "내가 많이 아끼는 거 알지?", "둘이서 술 마시자.", "그렇게 일찍 들어갈 거야? 밤새워 마시고 첫차 타고 가면 되잖아.", "쉬는 날이었으면 나랑도 놀아주지~."

그가 썸 타는 양 보냈던 메시지를 확인하고 나는 경악했다. 나한테는 부모님 집에 간다고 했던 날 밤에 그는 여사친과 밤새 둘만의 시간을 보내고 싶어서 '밀당'과 '애걸복걸' 사이를 열심히 오가고 있었던 거다.

그가 우리의 합의를 완전히 깨뜨렸다는 걸 나에게 처음으로 들킨 날이었다. 그는 내게 싹싹 빌었다. 그리고 사귀는 여자가 있는 걸 알면서도 메시지를 주고받는 걸 아슬아슬하게 즐기는 듯한 그 여사친과 연락을 당장 끊으라는 내 요구에도 순순히 그러겠다고 대답했다. 나는 그를 믿기로 했다.

하지만 한 달쯤 지난 후 그가 먼저 잠든 밤이었다. 그날따라 이상한 느낌이 들어 그의 휴대전화를 봤는데 그가 연락을 끊겠다던 여사친과 카카오톡으로 메시지를 주고받은 기록이 있었다. 메시지가 길게 오가지는 않았지만 그는 여전히 그녀에게 추근대고 있었고 이전의 대화는 흔적을 남기지 않기 위해서였던 듯 삭제돼 있었다. 다음 날, 나는 평소처럼 그와 데이트를 하면서 무심한 말투로 슬쩍 물었다. "혹시 그 여자애랑 아직도 연락해?", "무슨 소리야, 당연히 아니지!" 눈 하나 깜짝하지 않고 거짓말을 하는 그를 보는데 소름이 끼쳤다.

여사친 문제도 모자라 거짓말까지 하는구나 싶어 배신감이 들고 화가 났다. 그는 처음에는 "회사 업무 관련해서 특정 업계에 종사하는 그 여사친의 도움이 필요했어"라는 둥 말도 안 되는 변명을 했다. 하지만 정말 일 때문이었다면 나에게 미리 양해를 구하고 연락할 수도 있었을 것이고, "프사 예쁘네" 따위의 사담을 나누지 않고 건조하게 일 이야기만 했을 것이다. 내가 따지고 들자 그는 외려 짜증을 내며 말했다.

"내가 바람을 피운 것도 아닌데 왜 그렇게 민감하게 굴어? 네 전 남자 친구가 바람을 피워서 지금 나한테 예민하게 구는 것 아냐?"

나는 그에게 내 과거의 상처를 공유했던 걸 뼈저리게 후회했다. 가장 사랑하고 의지하는 사람이기에 내 가장 취약한 부분을 드러내 보였는데, 그는 비겁하게 그 상처를 자기변명에 이용했다. "상대가 좋은 사람인지 알려면 잘해줘 보라. 좋은 사람은 더 잘해주려 애쓸 것이고 나쁜 사람은 가면을 벗을 준비를 할 것이다." 나는 이렇게 말하고 싶다. "연인이 진정 나를 아끼는지 알고 싶다면 숨겨온 상처를 이야기해보라. 좋은 사람이라면 상처를 보듬어주려 할 것이고, 나쁜 사람이라면 그 상처를 자신의 잘못을 덮는 데 이용할 것이다." 내 상처를 이용해 자신을 변호하고 나를 예민한 사람으로 몰아간 그 똥차는 상처에 또 상처를 낸 아주 악질이었다!

그렇게 나는
판도라의 상자를 열어버렸다.

들어는 봤나, 젠더 감수성?

식당에서 그와 밥을 먹는데 텔레비전에서 '여성과 남성의 임금 격차'에 대한 뉴스가 나왔다. 자연스럽게 '성차별'이 화제가 됐다. 그는 '성차별' 이슈에 대해 공감할 수 없다며 이렇게 말했다.

"요즘 같은 시대에 무슨 여성 임금 격차가 있어? 너 회사에서 연봉계약서 쓸 때 남자 동기들이랑 임금 차이 있는지 직접 확인해본 적 있어? 지금 나와 있는 남녀 임금 격차 통계를 어떻게 믿어?"

하나하나 조목조목 반박할 수도 있겠지만, 여성의 입장을 공감하기는커녕 바로 앞에 앉아 있는 여성의 목소리조차

들어보려고 하지 않는 그의 태도가 답답하고 서운했다. 그도 나도 감정이 상해 식당에서 언성을 높이던 중, 마지막으로 그가 어퍼컷을 날렸다.

"저기 식당 종업원 아주머니한테 물어봐봐. 남자 직원분이랑 임금 차이 있는지!"

임금 차별을 이야기하면서 식당의 직원 아주머니까지 들먹이는 그의 모습에 나는 실망하지 않을 수 없었다. 자신의 권익이 조금이라도 침해될까 두려워 자기 주장을 고수하려는 꽉 막힌 태도며, 성차별을 보여주는 사회 지표는 보지 않으려고 하면서 식당 아주머니의 임금을 운운하는 그의 필사적 노력이 안타깝기까지 했다.

여성으로서 평생을 살아보지 않으면, 여성이 피부로 느끼는 차별을 체감하기 어렵다. 물론 여성이 알지 못하는 남성의 고충도 있을 것이다. 그래서 마음과 귀를 열고 많이 들어야만 이해와 공감의 지평이 넓어지고 발전된 방향을 찾아나갈 수 있다. 하지만 '여성 차별'에 대해 이해해보려는 노력도 없이 무작정 반대하는 건 꼭 내가 학교에서, 회사에서, 삶에서 겪어온 어려움과 차별을 부정하고, 차별이 존재함에도 노력과 용기로 그것을 극복하려 애쓰고 있는 내 삶과, 나를 포함한 모든 여성들의 삶을 부정하는 것처럼 느껴진다. 그래서 그러한 완고한 태도는 더욱이 용납할 수가 없었다. 더 우스운 건 '남녀 임금 격차 토론' 후에 그가 내게 '우리는 생각이 다르다'며 먼저 이별을 고했다는 점이다. 고집과 자존심만 하늘을 찌르는 똥차여, 먼저 헤어지자고 해줘서 땡큐다!

여성과 사귀면서
여성의 삶에 눈 감는 이유는 뭔데?

착한 그대는 누구 편?

그는 자랑하듯 이렇게 말하고는 했다. "나는 진짜 착해. 학교에서도 그렇고 주변 사람들이 다 나한테 착하다고 그런다니까."

돌이켜 생각해보면 그는 착하기보다는 우유부단했다. 싫은 소리 한번 못 해서 가부장적인 아버지에게 시달렸다. 데이트하는 도중에도 아버지에게 전화가 오면 꼬박꼬박 받았고 아버지의 잔소리를 듣고서 벌벌 떨며 일찍 들어가야겠다며 허둥지둥 가버리는 일도 많았다. 친구들이 돈을 빌려달라는 둥 무리한 부탁을 해도 거절하지 못했다.

하루는 그와 식당에 갔다. 우리 다음으로 도착한 4인 가족이 야외 4인석에 앉았다. 식당에 먼저 와 있던 우리가 앉았던 자리는 실내 4인석으로 인원수에 상관없이 앉을 수 있게 되어 있었다. 그런데 식당 주인이 우리에게 실내 4인석을 4인 가족에게 양보하고 실내 2인석으로 자리를 옮기라는 게 아닌가? 만약 식당에 남은 유일한 4인석이 우리 테이블이었다면 양보했겠지만, 추운 날씨도 아니었고 단지 야외 4인석이 아닌 실내 4인석에 뒤늦게 온 그 가족이 앉고 싶어 한다는 이유로 먼저 앉은 우리에게 와서 양해를 구하는 말 한마디 없이 자리를 바꿔 앉을 것을 요구하는 주인이 나는 못마땅했다. 하지만 남자 친구는 내 의사를 묻지도 않고 웃으며 "네, 그러죠"라고 대답하는 게 아닌가.

또 한번은 택시를 탔는데 "왜 이렇게 가까운 거리를 택시를 타냐"라는 운전기사의 면박에도 그는 사람 좋게 허허허 웃기만 했다.

커플로서 맞닥뜨린 불쾌한 상황에서
불편함을 표현하고 싸우는 건 언제나 나였다.

그는 식당 직원이나 택시 기사가 불친절하게 대할 때 나와 함께 싸워주지 않았다. 그는 바보같이 웃거나 "네, 네"라고만 했다. 나와 단둘이 있을 때의 그는 그렇게 무던하거나 무감각한 사람이 아니었다. 오히려 눈치가 빠른 편이었다. 그런 그가 무례한 상황임을 인지하지 못했거나 불쾌함을 느끼지 못했으리라고는 생각하기 어려웠다.

녹록지 않은 세상에서 나는 그와 서로 의지하며 크고 작은 시련을 함께 헤쳐나가고 싶었다. 하지만 자칭 '착한' 남자는 내 편이 되어주지도 힘이 되어주지도 못했다. 내가 혼자서 부당한 일에 맞서 싸울 동안, 옆에서 '나는 착해요'라는 팻말을 들고 가만히 서 있는 사람이 내 연인이라는 사실은 차라리 혼자인 게 낫겠다는 생각이 들 만큼 나를 비참하고 외롭게 했다. 여자 친구를 제외한 세상 모든 타인에게 호인인 그 남자, 내게는 비호감 똥차로 남았다.

너랑 연애하면
나는 나쁜 사람이 되는 기분이 들어.

나의 덧셈, 너의 뺄셈

그는 제가 살 것처럼 끌고 간 값비싼 레스토랑에서도 계산할 타이밍이 오면 뭉그적거리곤 했다. 식사가 끝나고도 한참 딴청을 부리거나 어물쩍거리면서 천천히 일어나는 그의 모습을 보는 것과 그 순간이 너무 불편하고 싫어서 나는 서둘러 계산대로 갔다. 그렇게 내가 밥값을 계산하면 그는 "다음번에는 내가 낼게"라고 하는 게 아니라 "잘 먹었어"라고 하며 포옹했다. 그때마다 내 머릿속에 떠오른 건 따스한 포옹이 주는 '느낌표'가 아니라 계산기에 오류가 난 듯한 '물음표'였다.

그는 데이트를 할 때마다 돈 한 푼 없이 나오는 경우가 많았다. 둘 다 학생이었으니 용돈이 모자라는 건 이해하지만, 자기 친구들과 만날 때는 맛집에 가고 술을 마시면서 나와 만날 때는 빈손으로 나왔다. 나는 매번 데이트 비용을 더 많이 내는 게 경제적으로 부담스러워 그에게 데이트 통장을 만들자고 제안했다. 우리는 정해진 날짜에 일정 금액의 데이트 비용을 데이트 통장에 입금하기로 약속했다. 그런데 그는 한두 번을 제외하고는 데이트 비용을 약속한 날짜에 입금하지 않았다. 데이트를 하려면 돈이 필요하니 데이트 비용을 입금하라고 그에게 빚쟁이처럼 말해야 하는 상황도 싫었고, 문제가 해결되지 않고 이전과 똑같이 매번 내가 계산을 해야 하는 상황 역시 비참했다.

우리가 둘 다 인턴으로 취직한 뒤 떠난 여행에서는 더 가관이었다. 회사에 적응하느라 눈코 뜰 새 없이 바삐 지내다 오래간만에 주말 일정이 비었다. 지방으로 여행을 가자고 제안하자 그는 돈이 없어서 못 갈 것 같다며 난감해했다. 인턴 월급이 적기도 했고 그는 그달에 챙겨야 할 경조사까지 많아 돈이 없다고 했다. 나는 내가 내가 비용을 댈 테니 여행을 같이 가자고 했다. 그를 사랑하니까 여행 비용을 전부 내가 내도 상관없었다. 하지만 여행을 가서 그는 경제적인 부담에서 완전히 벗어난 것을 만끽하기로 마음먹은 양, 가는 식당마다 사이드 메뉴까지 빼놓지 않고 호기롭게 주문을 했다. 그런 그를 보고 있자니 마음이 착잡했다. 네 돈과 내 돈의 차이일까? 아니면 내가 주면 줄수록 그는 받는 게 당연해진 걸까?

오래 사귀다 결혼한 친구 커플이 있는데 칠 년간 데이트를 할 때마다 서로 사겠다며 계산대 앞에서 실랑이를 벌였다고 한다. 서로 주어도 주어도 더 주고 싶은 관계가 진짜 사랑 아닐까? 진정한 사랑의 모습까지는 몰라도 작정한 듯이 내 돈을 더 쓰고 싶어 안달인 그의 태도가 사랑이 아니라는 것은 그 치사하고 얄미운 똥차를 만나면서 깨달았다.

지갑은 챙기고 양심은 안 챙기냐?

마음이 변하는 건 잘못이 아니지만

사귀기 전 그는 내게 간이며 쓸개며 다 빼줄 것 같이 굴면서 이렇게 말했다.

"힘들 땐 언제든 나한테 기대."

하지만 사귀면서 내가 힘들 때, 직장 생활에 치일 때, 인간 관계로 스트레스 받을 때, 자괴감, 열등감을 느낄 때, 나의 못난 마음을 솔직하게 털어놓자 그는 이렇게 말했다.

"넌 내가 생각했던 것만큼 긍정적인 여자가 아닌 것 같아."

그런 그야말로 '내가 자신에게 기대기를 바라는 든든한

남자 친구'에서 '내가 울 때 등 돌리는 사람'이 돼 있었다.

　　우리가 말다툼을 한 날 밤이었다. 서로 감정이 완전히 풀리지 않은 채 잠자리에 들기가 싫어서 나는 몇 가지 오해도 풀겸 그에게 "사실 아까 그 말은…"하며 다시 이야기를 꺼냈다. 그 순간 그는 짜증을 팍 내며 말했다. "그만 좀 해! 피곤해 죽겠는데 잠 좀 자자!" 언제는 서로 화난 채 잠들지 말자던 사람이, 가시지 않은 앙금을 풀어보려는 내게 화를 내고 있었다. 나는 서러움에 우두커니 앉아 눈물을 뚝뚝 흘리고 있는데 그는 내가 그러든 말든 자리에 눕더니 이내 코를 골기 시작했다. 내 집이었지만 잠든 그에게 나가라 하지도 못 하고, 새벽에 집에서 나와 거리를 정처 없이 걸었다. 얼마나 지났을까? 잠에서 깬 그가 전화해 사과했지만, 이미 처참하다고 할 만큼 상처받은 내 마음은 조금도 위로받지 못했다. 새벽 거리를 홀로 걸으며 나는 연인이 있는데도 이렇게 고통스럽고 외롭다면, 혼자인 채 평온한 게 열 배는 더 나을 것 같다고 생각했다.

　　나는 그에게만큼은 나의 못난 모습, 부족한 모습, 지질한 모습까지도 보여주고 싶었다. 내 문제는 스스로 해결해야 한다는 것쯤은 나도 잘 알았다. 하지만 내가 사랑하는 단 한 사람에게만큼은 내 모든 것을 허심탄회하게 털어놓으며 혼자가 아니라는 위로를 받고 싶었다.

그의 사랑은 나의 전부를 보듬어주는 사랑이 아니었다. 그는 징징대는 게 싫은, 마냥 밝고 예쁜 모습만 좋아하는 사람이었다. 자신의 깜냥은 책임지고 보듬어줄 화분이 아니면서, 자기가 힘들고 피곤할 때 예쁘게 피어서 방긋방긋 웃어 줄 꽃을 찾았다. 그와 만나면 만날수록 그의 그릇이, 사랑의 크기가 딱 그 정도였다는 걸 깨달았다. 힘들 때 기대라는 말의 유효기간은 딱 일 년이었다.

새벽 공기가 쌀쌀한 건지
내 마음이 쓸쓸한 건지….

빈 똥차가 요란하다

그는 학창 시절부터 반장이며 팀 프로젝트의 조장, 동아리 회장을 도맡았을 정도로 리더십이 있고 언변이 뛰어났다. 내가 그를 처음 만났던 취업 준비 모임에서도 그는 발표 담당으로 나서며 스피치 능력을 뽐냈다. 그런 그의 당당한 모습이 내게는 무척 매력적이었다.

우리가 사귄 지 일 년쯤 되었을 때다. 그는 나를 차버리기는 아깝고 계속 만나자니 마음에 차지 않는다는 듯이 굴었다. 그의 바람기와 여사친 문제로 우리 사이에 갈등이 반복되자 그는 숨이 막힌다며 나에게 성질을 내더니 돌연 연락을 끊었다. 그러고는 며칠 후, 나를 불러내서는 합리적인 문제 해결 방법을 가져왔다는 듯이 이렇게 말했다. "우리 관계 회복을 위해

서로 조금씩 노력해보자."

"바람을 피운 건 너인데 왜 같이 노력하자고 해? 네가 바람 안 피우게 나도 노력해야 한다는 뜻이야?"

나는 분노가 끓어올라 물었다. 그러자 그는 이렇게 대답했다.

"내가 너를 위해 노력할 마음이 생길 때까지 나를 마냥 기다려 달라고 할 순 없잖아."

도대체 이게 무슨 말일까? 자기가 다른 여자들을 만나고 다니다가 마음을 정리하고 돌아올 때까지 힘들어도 참고 기다리든가, 참는 것도 기다리는 것도 못 하겠으면 헤어지든가 하라는 말일까? 혹은 어느 쪽이 가능할지 내 마음을 떠보려는 것일까? "더 이상 몰래 여사친 만나지 않을게"나 "나는 여사친과 자유롭게 만나고 싶으니까 우리 헤어지자"라고 하며 반복되는 갈등을 분명하게 해결할 수도 있었을 텐데 그렇게 하지 않았다. 대신에 "나는 다른 여자도 많이 만나보고 싶은데, 이런 나를 계속 참고 기다려줄 수 있겠어?"라는 이기적인 속셈을 '서로 노력하기'라는 이성적인 해결 방법으로 포장해 내게 들이밀었다. 그는 내가 어떻게 대답하기를 유도하려던 걸까? "네가 노력할 마음이 들 때까지 내가 속 썩어가며 기다려줄게"라는 대답이었을까? 아니면 "나한테 소홀하게 대하고 여자 문제가 생겨도 너그럽게 이해해줄게"라는 대답이었을까?

그가 뽐내오던 화려한 스피치의 실상은 그저 이기적인 잔머리일 뿐이었다. 그리고 그 잔머리를 연인 관계에서도 유감없이 발휘한 것이다. 아니 상대의 사랑하는 감정을 약점 삼아 더욱더 교묘하게 상대를 조종하려 했다. 그리고 원하는 대로 움직여주지 않으면 상대를 비난했다.

어떤 문제에 관해 애인과 대화를 나누고 나서 이상하게 기분이 좋지 않다면, 그가 자신의 어두운 속내를 그럴듯한 말발로 감추는 데 능한 똥차는 아닌지 의심해보자!

겉은 번지르르,
속은 다 핑계! 핑계! 핑계!

미련한 삼세번

그를 만나기 전까지 나는 '잘못은 세 번까지는 봐주자'라는 연애 규칙을 갖고 있었다. 사랑하는 사람이 잘못을 반복하면 세 번까지는 봐주고 네 번째가 되면 헤어지는 것이다. 하지만 그와의 연애는 '삼세번'의 규칙을 깨는 계기가 됐다.

사귄 지 백 일쯤 됐을 때 그와 다투었다. 그러자 그는 갑자기 "우리는 안 맞는 것 같아, 안녕"이라는 메시지만 달랑 보내며 나를 차단하고 카카오톡에서 커플로 해놓은 프로필 사진을 다 삭제하더니 이틀간 연락이 없었다. 갈등을 풀려는 시도는 하지 않고 갑자기 잠적해버리는 미성숙한 행태부터 '아웃'을 외치고 싶었는데, 알고 보니 심지어 그는 나와 연락을 끊기 이틀 전부터 여사친들에게 연락해 껄떡댄 모양이었다. "단둘이 술 마실래?"라는 메시지를 나 몰래 동시에 여사친 세 명에게 보냈다는 사실을 알게 됐다. 그에 대해 그는 그냥 친구들일 뿐이라고, 나와 다투고 헤어진 게 속상해서 술 약속을 잡은 것뿐이라고 변명했고, 다시는 이런 일 없을 거라며 싹싹 빌었다. 그렇게 첫 번째 '여사친 사건'이 마무리되었다.

사귄 지 이백 일이 된 기념일에 또 사건이 터졌다. 나와 함께 기념일을 축하하며 시간을 보내는 와중에 그가 여사친에게 썸을 타는 듯한 메시지를 보내다 들킨 것이다. 내가 누구냐고 묻자마자 황급히 대화방 나가기를 눌러 대화 내용을 모두 지워버렸다. 그런 행동이 수상해 추궁하자 그는 외려 내게 불쾌하다며 화를 냈다. 친구랑 연락하는 것뿐인데 예민하고 답답하게 군다는 소리가 듣기 싫었던 나는 두 번째 사건 역시 찜찜함을 남긴 채 그렇게 넘기고 말았다.

그러나 얼마 지나지 않아 세 번째 파국이 일어났다. 아침부터 그가 내게 "이 셔츠 잘 어울리냐" 하며 콧노래를 흥얼거렸다. 사람의 촉은 무시할 수 없다고 했던가? 그날 밤 그에게 전화를 하니 '본가에 내려가는 버스 안'이라고 말하는 그의 목소리 너머로 화장실 물 내리는 소리가 들렸다. 진짜 버스 안이 맞냐고 되묻자 내게 그는 "왜 이렇게 사람을 숨 막히게 하냐"며 버럭 짜증을 냈다. 다음 날 아침 일찍 나는 그의 집에 찾아갔고 웬 여자가 그의 집에서 나오는 것을 보았다. 그녀는 그와 오래 관계하던 섹스 파트너였다. 고향에 내려간다는 건 거짓말이었고 그는 그녀를 만나 함께 술을 마시고 잠자리를 가진 것이었다. 옷 단추도 다 잠그지 못한 채 싹싹 비는 그에게 나는 헤어지자고 말했다.

연인이 바람을 피운 상처는 오래 갔다. 그가 기어코 다른 여자와 바람을 피운 현장을 맞닥뜨리는 상황까지 가지 않고, 여사친과 썸톡을 주고받는 걸 알았을 때 바로 그를 끊어냈더라면 이후로 그에게 수차례 배신을 당하며 상처를 받는 일은 겪지 않았을 것이다.

상대가 변화하겠다는 약속을 믿고 잘못을 용서해주어도, 상대는 잘못을 고치기는커녕 점점 더 대범하게 잘못을 저지르기도 한다. 뿐만 아니라 세 번의 잘못에 이르기까지 흐른 시간과 쌓인 정 때문에 상대를 칼같이 끊어내는 것은 점점 어려워진다. 잘못을 봐줄수록 상대방이 나를 더 만만하게 보고 나는 상대방을 더 끊어내기 힘들다면 '삼세번'만큼 최악의 규칙이 또 있을까?

한 번은 실수지만 두 번은 의지다.

나는 용서는 한 번이면 충분하다고 생각한다. 세 번, 네 번 용서해주었던 건 그를 놓기 아쉬웠던 내 집착일 뿐이었다.

한 번 용서하니 마음이 찢어졌고
두 번 용서하니 자존심이 짓밟혔고
세 번 용서하니 사랑이 떠나갔네.

이별과 희망의 줄다리기

그는 모두에게 친절한 사람이었다. 취업 모임의 단체 대화방에서 도움을 청하는 멤버가 있으면 그는 언제나 적극적으로 나섰다. '모두가 좋아하는 인기인' '모두에게 친절한 훈남'이 바로 그였다. 하지만 '모두가 사랑하는 만인의 연인'이 이별할 때는 '사악한 고문관'이 되리라는 걸 누가 알았을까?

그는 제 입으로 이별을 말할 때마다 우유부단한 성격을 착한 성격으로 포장하며 나를 '희망 고문'했다. 여자들에게 지나치게 친절한 그의 행동을 참다못해 이별을 통보하자 나를 붙잡았다. 그래놓고 고작 며칠 뒤에 그냥 헤어지는 게 맞는 것 같다며 말을 바꿨다. 어이가 없었지만 나는 그의 의사를 존중해 이별 통보를 받아들였다. 그런데 그날 그는 나를 집 앞까지 데려다주더니 "정말 마지막이라고 생각하니 아쉽다"라며 "다음 주에 한 번만 더 만나서 이야기하자"라고 말을 또 바꿨다. 헤어지자고는 했지만 내게는 아직 그를 좋아하는 마음이 남아 있었기 때문에 미심쩍지만 다음 주에 연락을 해달라고 했다. 그러나… 그는 일주일 내내 연락이 없었다.

그 주가 끝나가던 금요일 밤이었다. SNS를 보다가 나는 내 눈을 의심했다. 그가 십 분 전 SNS에 아무렇지 않은 듯 즐거운 일상을 공유한 것이다. 내 전화도 받지 않았고 몸살이 났다는 메시지 하나만 내게 달랑 보내놓은 그였다. 만날 약속을 잡을 생각도 전혀 없어 보였다. 화가 머리 끝까지 나서 그에게 전화해 나를 갖고 노는 거냐며 따졌다. 그가 연거푸 사과하며 곧바로 나를 찾아와 꺼낸 말은 또 "헤어지자"였다.

분노와 슬픔으로 걷잡을 수 없이 펑펑 우는 내 앞에서 그는 슬픈 멜로 영화의 주인공이라도 된 듯, 눈물을 한 방울 또르르 흘리며 말했다. "진심으로 사랑했어…." 그는 이별을 질질 끌면서 내 피를 말린 것도 모자라 마지막까지 착한 척을 해 나를 소름 끼치게 만들었다. 사람 마음을 들었다 놨다 하면서 너덜너덜하게 만들어놓고, 이별이 아련하고 애틋하기를 바라는 그 마음이 참 뻔뻔하다는 생각이 들었다.

헤어지자는 말을 먼저 꺼내는 게 나쁜 사람이 되는 것 같아 싫었던 건지, 그저 우유부단한 성격 탓이었는지는 몰라도 동전을 뒤집듯 너덧 번 이별 통보를 번복하는 그를 보며 그는 애초에 나와의 관계를 지속할 의지가 크지 않았으리라는 생각이 들었다. 좋아하는 사람에게 희망 고문을 당하는 동안, 나는 이별을 하고 마음을 정리하고 지나간 사랑을 완전히 떠나보낼 에너지까지 몽땅 빼앗긴 느낌이 들었다. 냉정하고 잔인하다는 원망을 듣더라도 "이제는 널 사랑하지 않아"라고 자신의 감정을 분명하게 말해줬더라면….

예의 있는 이별은 아름다웠던 사랑의 시작만큼 무언가를 남긴다고 믿는다. 이별의 순간마저 상대에게 미루는 무책임한 태도 덕분에 내 마음이 회복되기까지는 아주 오랜 시간이 걸렸다. 잊지 말자. 예의 없음과 책임 회피는 지질한 똥차의 전유물이다!

괜찮아. 네가 날 희망고문했지만
헤어졌으니 괜찮아.

나만 놓으면 끝나는 연애

누군가는 이렇게 말했다. 연애의 즐거움은 두 존재가 서로를 발견하고 알아가고 맞춰가는 과정에 있다고.

처음으로 그와 의견이 맞지 않았던 날, 그는 곧바로 이별을 통보했다. 고작 이런 의견 차이로 헤어진다고? 나는 황당했지만 우리가 서로 어떤 부분에서 엇갈렸는지에 집중해 대화로 풀어보려 노력했다. 서로 잘못한 부분을 사과까지 하고 나자 이별 통보는 단순한 해프닝으로 마무리되는 듯했다.

그래도 그의 입에서 헤어지자는 말이 나온 것 자체가 내게는 큰 상처였기에, 이별 통보는 더는 사랑하지 않을 때만 하자고 약속했고, 의견 충돌이 심하다고 느낄 때는 이별 통보가 아니라 시간을 갖기로 하자고 그에게 부탁했다. 그는 한동안 약속을 잘 지키나 싶더니 또다시 의견이 부딪히는 상황이 오자 망설임 없이 헤어지자고 통보했다. 나는 이번에도 오랜 시간 얘기하고 설득한 끝에 그를 붙잡았다. 그를 정말 좋아하기도 했고 헤어지자는 말이 진심은 아니었겠지, 사람이 한 번에 변하기는 어렵겠지, 싶어서였다.

하지만 그가 세 번째로 이별을 통보하자 나는 마침내 깨달았다. "헤어지자"라는 말의 진심을 따지는 게 무의미하다는 걸. 그 말이 누구 입에서든 한번 밖으로 나온 순간 관계는 처음으로 되돌아갈 수 없다는 걸. 홧김에 뱉을 수도 있다고 생각했던 "헤어지자"라는 말은 결코 한 번으로 끝나지 않는다는 걸.

"헤어지자"라는 말이 나온 이상, 다시 만난다 해도 비슷한 갈등 상황에 놓였을 때 이별을 통보했던 사람은 '역시 헤어지는 게 나았을까'라는 생각을, 이별을 통보받은 사람은 '또 헤어지자고 하겠지'라는 불안을 느끼기 쉽다. 아끼던 접시를 깼을 때, 깨진 접시를 어떻게든 붙이려고 할 것인가, 아니면 새 접시를 살 것인가? 산산조각이 난 접시를 주워 본드로 붙인다고 깨진 접시를 다시 쓸 수 있는 것도 아니고 내 손만 더

베고 다칠 수도 있다. 관계도 마찬가지다. 끝난 인연을 아쉽다고 잡고 있을수록 내 마음만 더 상처투성이가 된다. 슬프지만 '나만 놓으면 되는 관계'임을 깨달아야 할 때가 있다. 가슴이 찢어질 듯 아플지라도 나는 이미 최선을 다했다는 사실을 깨닫고, 인연이 아니라는 사실도 깨달아야 할 때가. 당신이 그를 놓아준 것과는 반대로 언젠가 당신을 꽉 잡아줄 사람은 또 나타날 것이다. 소중한 사랑을 절대 깨뜨리지 않는 사람 말이다.

사소한 일로도 헤어지자는 말을 남발하는 사람을 사랑하고 있다면 그의 진심을 의심하는 것에 죄책감을 가질 필요는 없다. 자신의 감정에 신중하지 못하고 가볍디가벼운 그의 마음과 입을 탓하자.

사랑이 설렘과 함께 오듯이
이별은 후련함과 함께 가리!

첫입은 달콤한데 뒷맛이 쓴
이상한 똥차 거르는 팁!

□ "이거 누가 사줬지?"

딱 내 취향의 선물을 적시 적소에 내미는 사람. 포장까지도 섬세하게 신경을 써서 여자들이 홀딱 넘어갈 만한 감각을 갖춘 사람. 그런데 선물을 줄 때마다 요란하게 생색을 낸다면? 바로 '계산기형 똥차'다. 자신이 사준 선물을 한두 번도 아니고 잊을 만하면 들먹이며 생색을 내는 데에는 '내가 너에게 해준 것'을 계산하고 있으며, 상대에게 '내가 너에게 얼마나 해줬는지를 기억해라'라는 뜻을 전하려는 의도가 담겼다.

　　사랑을 할 때도 이해타산적인 사람들이 있다. 이들은

속으로 늘 계산기를 두드린다. 심지어 연인이 편해지고 관계가 안정화될수록 자신이 투자하는 시간과 돈을 아낀다. 시간이 남을 때에 연락하고 데이트 비용도 쓰지 않으려 한다. 앞에서는 좋아한다고 말하며 뒤에서는 계산기를 두드리는 '계산기형 똥차'에게 가성비 좋은 데이트메이트가 되어주고 있는 것은 아닌지 주의하자!

□ "여기.", "이거 두 개."

평소에는 예의 바르다가도 식당에서 종업원을 부를 때 말이 짧거나 손가락만 까딱거리는 사람, 주문을 할 때도 단어 몇 개로만 하는 사람이 있다. 이런 사람은 잘 보여야 하는 사람에게만 예의를 지키고 그렇지 않아도 되는 사람은 하대하는 가식적이고 위선적인 '가면형 똥차'다.

"당신에게는 친절하지만 웨이터에게 무례한 사람은 절대 좋은 사람이 아니다"라는 '웨이터의 법칙(Waiter Rule)'은 유명하다. 웨이터, 판매원, 상담원, 택시 기사 등

서비스 업종의 사람이나 사회적 약자를 대하는 태도를 보자. 그 사람의 본질이 나온다.

□ 토닥토닥 해줘, 내 기분이 풀릴 때까지

평판도 훌륭하고 외모도 준수하고 언행도 바르며 어디서나 자신감이 넘치고 당당한 그. 귀공자 같은 분위기로 스스로 높일 줄 알고 대접받는 것에 익숙한 그. 그런 그가 내 사소한 실수에 삐져 온종일 분풀이를 한다?

어느 날 지하철을 잡으러 함께 급히 뛰어가다가 서로 반대편 계단으로 가는 바람에 나만 지하철에 먼저 탄 일이 있었다. 그가 타지 않은 것을 깨달은 나는 그에게 연락을 한 후, 한 정거장 지나고 바로 내려 그를 기다렸다. 만나자마자 그는 사람들이 있는 지하철 안에서 왜 먼저 갔냐며 계속 짜증을 냈다. 한번 토라지면 사람들이 많은 공공장소에서 나를 무안하게 하거나 내가 사과한 것도 잊고 분이 풀릴 때까지 "아까 사과는 했어?", "아까 나한테 제대로 사과한 것 맞아?"라고 다그쳐 물었다.

　　누구나 별일 아닌 것 같은데도 감정이 쉽게 상하는 취약한 부분, 소위 '삐짐 포인트'가 있다. 하지만 자신의 감정을 적절히 조절하지 못하는 사람, 속상한 감정을 어린애처럼 누군가가 달래주지 않으면 스스로는 결코 해결하지 못하는 사람은 '생떼형 똥차'라고 보아야 한다. 자기 감정만 중요한 사람, 감정이 곧 태도가 되는 사람과는 성숙한 연애를 하기가 어렵지 않을까?

□ SNS에서 관종 냄새가 나…

"문득 아끼는 사람이 생각나는 순간. 참, 많이 울었습니다.", "많이 고맙습니다. 여러분의 응원에 마음이 따뜻해지는 날이었습니다." 이런 게시글의 공통적인 특징은 무엇일까? 바로 불특정 대상을 향해 말하는 듯한 형식을 띤다는 거다. 바꿔 말하면, 불특정 다수가 읽어주길 의도하며 쓴 글이라는 말이다. 바로 '관종형 똥차'의 주특기다.

인플루언서 못지않게 SNS 팔로워 수가 많았던 그는 매력적이고, 인맥도 넓었으며, 댓글을 다는 '아는 여자'도 많았을 뿐만 아니라 성별을 가리지 않고 인기와 부러움을 한 몸에 받았다. 그 역시 SNS에 글을 올릴 때마다 앞서 든 예시처럼 불특정한 상대에게 이야기하듯 쓰곤 했다.

'관종형 똥차'는 자신을 노출하기 쉬운 SNS 상에서 자신을 포장하는 데 관심이 많고 그만큼 능숙하다. 자신의 단점을 잘 숨기고 장점을 잘 부각한다. 처음 내게 접근할 때의 그도 그랬다. 그는 대화를 능숙하게 이끌었고, 나는 시간이 가는 줄도 모르게 자신의 온갖 매력을 발산하는 그에게 푹 빠져들었다. 하지만 알고 보니 그는 온갖 여자들의 관심을 추구하는, 특히 SNS를 활용해 예쁜 여자들에게 연락하면서 '소통'과 '바람'의 경계를 넘나드는 '관종형 똥차'일 뿐이었다.

부록 ◎ 첫입은 달콤한데 뒷맛이 쓴 이상한 똥차 거르는 팁!

□ 여자 친구가 있어도 여사친들은 못 잃어…

사교적이어서, 외향적이어서, 인맥은 넓을수록 좋으니까, 취미가 잘 맞아서, 성별 따져가며 어울리는 건 '쿨'하지 않으니까 등등 여사친 혹은 남사친이 많은 연인에게 이유를 물으면 다양한 대답을 들을 수 있다. 이때 '쿨병 걸린 똥차'의 궤변에 넘어가지 말자.

그렇다면 여자와 남자가 친구가 될 수 있을까? 정답은 '그럴 수도 있고 아닐 수도 있다'다. 그러니 관계는 늘 변할 수 있다는 사실을 인지하고 내 연인을 가장 우선해서 배려해야 한다. 연인에게 그의 여사친/남사친 때문에 불편하다고, 호감 표현이나 신체 접촉 등을 자제해달라고 요구해도 상대가 여사친/남사친과의 관계를 거짓말로 숨긴 채 지속하는 경우는 흔하다.

여사친/남사친 문제의 핵심은 내 연인이 신뢰할 만한 사람인지, 내 연인이 나를 먼저 배려하는지다. 남자 친구가 신뢰를 깨뜨릴 만한 행동을 하지 않는다면 여사친들이 주변에 차고 넘쳐도 불안하지 않으리라. 하지만 이성과의 감정 교류와 그를 통한 긴장감을 즐기는 '쿨병 걸린 똥차'는 아무리 완벽한 사람과 연애 중이라 할지라도 일대일 관계로는 만족하지 못한다. 같이 잠자리만 하지 않았다고 해서 바람을 피우지 않는 건 아니다. 여사친들과 틈날 때마다 썸을 주고받는 똥차들은 바람의 종류가 놀랄 만큼 많다는 걸 왜 모를까?

□ "널 사랑하는 날 사랑해"

나는 아무리 사소해도 거짓말을 하면 마음이 불편해 언제나 정직하게 말하려 한다. 이런 나와 달리 그는 거짓말에 능숙한 편이었다. 늦잠을 자 지각을 했어도 모두에게 커피를 사 오느라 늦었다며 사소한 거짓말을 하는 그를 보며 융통성 없는 나는 쓸데없이 강직하게 굴어 손해 볼 짓을 하는 대신, 오히려 자신이 돋보이도록 상황을 반전시키는 그가 영리하고 멋있어 보였다. 하지만 출장 가서 사 온 핸드메이드 목걸이를 유명 브랜드 제품이라고 속

인다든가, 모조품을 인터넷에서 주문한 뒤 상자와 포장지를 따로 사서 진짜 명품인 양 내게 선물할 때에는 명품에 별 관심도 없는 내게 왜 이런 거짓말까지 하는지 의아했다.

'자아도취형 똥차'들은 자신에게 이상적인 이미지를 부여하고 그에 도취돼 살아간다. 인기, 유명세, 권력에 대한 욕구가 크며 사람들의 관심과 선망을 사는 것을 좋아하는 반면 공감 능력은 낮아서 친밀한 관계에 크게 관심이 없다. 이들은 그렇지 않은 사람들에 비해 초면에 이미지 메이킹을 잘하며, 자신감 있게 매력 어필도 잘한다.

'자아도취형 똥차'는 사랑도 '자신의 이미지'를 가꾸기 위해 한다. 그렇기에 눈 하나 깜짝하지 않고 거짓말을 하고 거리낌 없이 바람을 피우고 자신의 잘못에 대해 사과를 할 때도 진정성이라고는 없다. 달콤한 고백, 근사한 데이트, 아름다운 이별 모두 자신을 위한 이벤트일 뿐 상대의 마음은 들여다볼 줄 모른다. '자아도취형 똥차'에게

만큼은 첫인상이 전부라는 규칙이 통하지 않는다. 그의
화려한 첫인상에 속아 넘어가지 않도록 주의하자.

좋은 연애

사랑도 이별도
좋았어

이 년 넘도록 친구로 지내며 나를 짝사랑하던
그와 연애를 시작했다.

부둥

부둥

그는 쏟아져 내리는 한낮의 햇살처럼
따뜻하고 든든한 사람이었다.

초미녀1

초미녀2

너만 보여.

그만 봐!

그는 여자 문제로 속을 썩인 적이 한 번도 없었고

단단히 뿌리내린
우리의 신뢰

내게 사소한 거짓말조차 한 적이 없었다.

Chapter 3 ♥ 좋은 연애

내 옷차림이 어떻든 화장을 하든 안 하든
늘 진심으로 예쁘다고 말해주었고

힘들어할 때는 어떻게 이런 생각을 할까, 싶게
속 깊고 따뜻한 말로 나를 다독여주었다.

나를 위해서라면 청소든 이사든
궂은 일도 마다하지 않았던 그.

그와 연애하며 나는
건강한 연애가 무엇인지 배웠다.

Chapter 3 ♥ 좋은 연애

그리고 건강한 연애 또한
이별로 끝날 수 있다는 것도 알게 됐다.

이것만큼은 절대
깨뜨리지 않겠어.

사랑을 지켜내는 것은 마음의 크기가 아니라
의지의 문제라는 사실도 깨달았다.

좋은 사람이라고 해도
나와 맞출 수 없는 부분이 있을 수 있고

서로 다른 부분을 오롯이 존중해주기 위해
좋은 사람과도 때론 이별을 선택해야 한다는 걸.

셀프 취존

똥차와 연애를 하고 나니 자존감이 많이 떨어졌다. 이별한 후
에도 한참이나, 그가 선을 넘는 연락을 하고 이유 없이 선물
을 주고 나 몰래 단둘이 술을 마셨던 여자들의 프로필 사진과
SNS를 자꾸만 들여다보았다. 그녀들은 소위 외모의 기준이
엄격한 직업을 가졌고 실제로도 눈부시게 예뻤다. 이 여자는
나보다 이목구비가 또렷하구나, 이 여자는 나보다 몸매가 늘
씬하구나…. 나는 끊임없이 그들과 나를 비교하면서 상처를
받고 또 받았다.

　내 모든 것을 사랑했던 남자가 '연인인 나와의 진지한 관
계'보다 '아는 여자 대여섯 명과 즐기는 가벼운 관계'를 선택
하는 걸 경험하고 나니, 내가 어떤 취향을 가졌고 얼마나 똑

똑하고 얼마나 내 일을 좋아하는지는 아무 소용도 없다는 생각이 들었다. 내가 어떤 사람인지가 더는 중요하지 않게 된 것만 같았다. 화려하고 예쁜 게 최고구나…. 그렇게 생각했다. 그리고 이 세상에 나보다 세련되고, 나보다 예쁜 여자는 너무나 많았다. 나는 조금씩 무너졌다.

이별의 아픔과 낮아진 자존감으로 힘들어하던 시기에 우연히 나간 글쓰기 모임에서 운 좋게도 좋은 사람들을 많이 만났다. 일 년 가까운 시간을 함께하며 친해진 그들은 내 이야기를 듣더니 이렇게 말해주었다.

"버드 씨가 부족한 게 아니라 그 남자가 이상한 거예요. 버드 씨는 버드 씨만의 매력이 있어요. 그런 남자는 누구를 만나도 만족을 못 할 거예요. 버드 씨가 생각하는, 버드 씨보다 더 예쁘고 세련된 여자를 만난다고 해도요."

똥차와 연애할 때는 알지 못했다. 나를 자꾸 다른 여자들과 비교해서 불안하게 만든다면 좋은 인연이 아니라는 걸. 내게 달콤한 말을 속삭이는 사람보다 내가 걱정할 만한 행동을 하지 않는 사람, 말치레로 내가 제일 예쁘다고 하는 사람이 아니라 내 모습 그대로를 사랑하기에 세상에서 내가 제일 예뻐 보이는 사람을 만나야 한다는 걸. 그런 사람과의 연애야말로 내 자존감을 지켜준다는 걸.

나는 하이힐보다 운동화가 좋고
아무데서나 퍼질러 앉아서 책 읽는 게 좋고
남자 친구와 통화하면서 웃긴 노래를 부르는 게 좋다.
그리고 그런 나를 존중하고 아껴주는 사람이 좋다.

화려하고 예쁜 게 최고가 아니라
내가 최고!

우리는 모두 더듬이가 있어

내게 SNS로 메시지를 보내 상담을 요청하는 사람들의 이야기를 들어보면 신기하게도 "그날따라 느낌이 이상했어요…. 뭔가 싸했다고나 할까요?"라고 말하며 서두를 시작하는 경우가 적지 않다. 똥차와의 연애로 나 역시 싸한 느낌이 발달했는데, 나는 그걸 '똥차 레이더'라고 이름 붙였다.

남자 친구와 싸웠다가 화해한 날이었다. 평소와는 달리 집에 일찍 들어가야 한다는 그의 눈빛이 어딘가 달랐다. 평소처럼 꿀 떨어지는 눈빛이 아니라 달콤함도 반짝임도 없는 눈빛이었다. 나중에 알고 보니 그는 그날 밤 여사친에게 밤새 술을 마시자며 수작을 걸었더랬다. 또 한번은 그가 친구들과 술을 먹는다며 집을 나서는 모습이 어딘가 이상했다. 늘 만나는 친구들이랑 술 마시러 간다면서 묘하게 상기되어 들뜬 모습이 의아하다고 생각했다. 아니나 다를까 그는 그날 밤 과거의 섹스 파트너와 재회해 잠자리를 가졌다. 이 밖에도 싸한 느낌은 다양한 상황에서 다양한 신호로 왔다. 그날따라 그가 시큰둥해서, 그날따라 거짓말하는 것 같아서, 그날따라 휴대폰을 감추는 것 같아서….

연애할 때 싸한 느낌이 들면 어떻게 해야 할까?

많은 이들이 사랑에 눈이 먼 자신이 예민해서 별스러울 것 없는 상황을 특별하게 인지한 거라고 생각하면서 똥차가 준비한 구렁텅이 속으로 제 발로 한 걸음 한 걸음 걸어 들어간다. 하지만 소위 싸한 느낌이라고들 하는 이상한 낌새는 언어 습관, 인색함, 거짓말, 인간관계, 여자 문제 등 이해 가능하고 타협 가능한 선을 살짝살짝 넘고 있다는 신호다. 이 느낌을 덮어두고 사랑을 키워나가기보다 이 불편한 느낌을 정면 돌파하는 용기가 건강한 관계를 맺고 나를 지키는 데 훨씬 바람직하다.

싸한 순간 그 느낌에 대해 말했을 때 만약 상대가 "네가 너무 예민해서 그래"라며 내 탓을 한다면? 그는 방어기제로 당신을 예민한 사람 취급해버리면서 본인이 찔리는 부분을 감추고 있을 가능성이 높다. 그러니 이상한 낌새가 보이면 미련 떨지 말고 빨리 도망치자. 관계는 투자한 시간과 감정이 많을수록 끊어내기 힘든 법이기 때문이다. 그 감정을 아껴 다른 소중한 사람에게 쓰는 것이 훨씬 현명하다. 똥차에게 아까운 내 에너지를 낭비하지 말자. 나의 직관과 감을 믿자. 나를 제일 잘 아는 사람은 나밖에 없다.

어째 똥차 레이더가 쉴 날이 없네.

그놈들의 늪에서 빠져나오며

'바람둥이형 똥차'에게 호되게 당해 마음고생을 한 뒤로 이성에 대한 신뢰가 바닥을 쳤다. 매력적인 이성을 보면 이런 생각부터 먼저 들었다. 저런 사람은 인기가 많으니 바람을 피울 가능성도 높겠지? 예쁜 여자가 작업 거는데 바람피우지 않을 사람이 있겠어? 결국 나는 그놈이 그놈이지 뭐, 라는 삐딱한 생각을 전제로 깔고 사람을 만났다. 심지어 내가 겪었던 바람둥이형 똥차들의 공통점(외모를 열심히 가꾼다, 술을 좋아한다, 친구랑 약속이 많다 등)이 상대에게 하나라도 보이면 저 사람도 똑같을 거라고 일반화할 정도로 관계를 시작하기도 전부터 방어적으로 굴었다. 경계심이 많아졌고 나중에 조금이라도 문제가 생길 것 같은 관계는 시작조차 하지 않으니 일견 전보다 안전한 연애를 하는 듯싶었다.

한번은 소개팅으로 괜찮은 사람을 만났는데, 그도 내게 관심을 표현해 두세 번 더 만났다. 한참 수다를 떨다가 여사친, 남사친이 화제에 올랐다. 그러자 그가 얼굴을 찡그리며 말했다. "저는 제가 여사친이랑 뭘 하든 여자 친구가 상관하는 거 진짜 싫어요. 예전에 연애하면서 구속받는 느낌이 너무 싫어서 헤어졌거든요." 그 말을 듣자마자 그를 향한 마음이 거짓말처럼 싸늘히 식었고 결국 나는 "우리는 안 맞는 것 같네요"라는 말을 뱉은 뒤 뒤도 안 돌아보고 그 자리를 떴다.

이렇듯 날 선 내 방어기제는 결국 새로운 연애를 하는 데 큰 장애물이 되었다. 나는 견고한 성을 쌓아 올리고는 나에게 열려 있던 무한한 자유와 가능성을 스스로 차단해버렸다. 새로운 사람을 만나도 무의식중에 불안과 의심을 드러내는 말을 하고 상대방을 시험에 들게 하는 질문을 던져 분위기를 불편하게 만들었다. 그때는 먼저 내가 괜찮아져야 다른 사람을 만날 준비가 된다는 말을 이해하지도, 받아들이지도 못했다. 하루빨리 좋은 인연을 찾아서 고통스러웠던 똥차와의 연애를 기억에서 지워버리고 싶을 뿐이었다. 나를 잊고 금세 새로운 여자를 찾았을 똥차에게 여봐란듯이 예쁘게 연애하고 싶었다. 그렇게 몇 달을 새로운 인연을 찾아 헤맸다. 하지만 인연이 어디 그렇게 쉽게 생기던가? 결국 나는 지쳐 나가떨어졌다.

운 좋게 좋은 인연을 금방 만날 수 있으면 좋겠지만
그건 내 뜻만으로 되는 일이 아니다.
지금은 새로운 연애에 집착하기보다
나를 위해 할 수 있는 일을 하자!

하루는 이렇게 마음을 먹고 종이에 하나하나 적어나갔다. 내가 좋아하는 일, 좋아하는 음식, 좋아하는 음악 같은 것들을. 그리고 매일 그중 하나만이라도 다시 관심을 기울여보려고 애썼다. 동호회에 나가 새로운 취미에 도전해보았고, 책을 읽었고, 평소 가고 싶던 빵집을 돌아다니는 빵지순례를 다녔다. 오랜 친구를 만났고, 새로운 친구도 사귀었다. 그렇게 아픔이 조금씩 잊히고 마음도 평온해졌을 무렵 내게 새로운 인연이 다가왔다. 똥차와 이별한 지 이 년 만이었다.

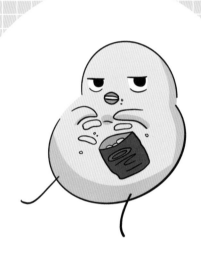

연애를 쉬어라, 마음만 먹으면
아무 때나 연애할 수 있을 것처럼.

다시, 나라는 우주

우리는 모두 자기 인생의 주인공이다. 하지만 하루하루 주인 공처럼 살고 있다고 느끼는 사람이 몇이나 될까? 학업 경쟁에 치이고, 직장에서 치이고, 나와 남을 돌보는 데 치이다, 잘 나가고 멋지고 예쁜 사람들의 행복한 모습이 가득한 SNS를 보면서 주눅 드는 사람들이 대다수 아닐까? 나 또한 마찬가지였다.

하지만 그를 만나고 나서 많은 것이 바뀌었다. 별 볼 일 없는 내 일상을 궁금해하는 사람, 세상에 아무리 예쁜 사람이 많아도 내가 가장 예쁘다고 해주는 사람, 업무 실수로 혼나고 온 날에도 따뜻한 표정으로 나를 반겨주는 사람이 생겼다. 친구들과 약속을 잡을 때도 나와의 약속을 최우선으로 고려하고, 함께 식당에 갈 때도 내가 좋아하는 음식을 고르고, 내 기분과 컨디션을 세상에서 가장 중요한 문제인 것처럼 유심히 살피는, 그는 그런 사람이었다.

그러니까 나는 온전히 나를 중심으로 돌아가는 하나의 우주를 만난 것이다.

냉혹한 세상에서 하찮은 먼지처럼 이리저리 구르다 돌아온 날에도 나를 중심에 둔 조그만 우주가 기다리고 있다는 사실은 크나큰 위로가 돼주었다. 자신에게 확신이 있는 사람이 좋은 연애를 할 수 있다고들 하지만, 좋은 연애를 통해 자신에게 확신이 생기기도 한다.

내가 스스로를 불만스러워할 때마다 그는 이렇게 말했다. "나는 네가 정말 인간적이고 좋은 사람이라고 생각해. 설령 너와 헤어진다 해도 늘 그렇게 생각할 것 같아."

나는 내가 인생의 주인공이라는 사실을 나를 그 무엇보다 소중히 여겼던 그를 통해 비로소 경험했다. 그리고 시간이 지나자 똥차들과의 연애 경험으로 괴로워했던 못난 나조차 또 다른 나의 한 부분이었다는 점을 인정하게 되었다. 그때의 경험이 있었기에 지금의 연인이 얼마나 소중한지 깨달을 수 있다는 점에서도 그 경험은 나에게 나쁜 영향만 준 게 아니었다. 살면서 겪는 무수한 시행착오, 똥차와의 연애도 그중 하나였고 나는 그 경험을 통해 좋은 사람을 알아보는 귀한 안목을 마련할 수 있었다.

나는 우주에서 하나뿐!

보약 같은 연애

잦은 야근으로 점점 살이 찌던 때였다. 그날도 스트레스로 과식을 한 뒤 부른 배를 내놓고 앉아 있는데 그와 눈이 마주쳤다. 어쩐지 그 상황이 우스워서 함께 웃음이 터졌는데 그가 뜬금없이 말했다. "난 네가 너무 좋아." 나는 정말 당황스러웠다. 이봐, 혹시 남산만 한 배가 취향인 거야? 아니면 아저씨 같은 여자가 취향인 거야?

까닭을 몰라 황당해하는 내 표정을 보더니 그가 말했다. "난 네가 가식이 없고 솔직한 사람이라서 좋아." 나는 내 뱃살을 잡아 늘이며 정신 나간 사람처럼 물었다. "이래도? 이래도? 이래도 좋아?" 그가 웃으며 말했다. "밥을 먹으면 당연히 배가 나오는 거야. 그리고 사람이면 이 정도 뱃살은 있어야지."

좋은 연애는 내 마음을 살찌웠다. 그는 눈빛 하나, 말 한 마디로 내 자존감을 높여주었다. 그는 세상에서 내가 제일 예쁘다고 늘 말해주었다. 그뿐 아니라 때로는 이기적이고, 지질하고, 표현에 서툴고, 투박할 정도로 솔직해 부끄러운 것도 감출 줄 모르는 나를 있는 그대로 사랑해주었다. 사회적인 기준에서 그게 단점이든 장점이든 상관없었다.

그는 화려하고 비싼 데이트를 자주 할 수 있는 사람은 아니었지만, 내가 아파서 입원하면 며칠을 좁은 간이침대에서 자며 곁을 지켰다. 내가 화장실에 곰팡이가 계속 생겨 스트레스에 시달렸을 땐 말없이 락스를 가져와 청소해주었다. 그건 몇십만 원짜리 레스토랑보다, 호텔에서의 데이트보다 더 고맙고 따뜻해서 오래도록 간직하고픈 추억이 되었다.

좋은 연애는 내 마음에 주는 보약이나 영양제처럼 자존감에 양분을 주고 나를 살게 했다. 내가 사랑받아도 되는 사람이라고, 연애에 실패하지 않을 수 있다는 자신감도 심어주었다. 그런 좋은 연애의 기억과 함께 살아간다는 건 참 든든한 일이다.

따뜻하고 든든해서
심신 안정에 도움이 되는, 연애.

너의 뇌마저 사랑스러워

그와 나는 직업인으로서의 목표, 꿈, 이상뿐만 아니라 원하는 노후와 미래상까지 비슷했다. 우리는 같은 분야에서 일하는 사람으로서 돈이나 권력보다 '세상에 좋은 영향을 주고 싶다'라는 목표를 갖고 있었다. 또 어느 수준 이상 돈을 모으면 회사에 얽매이지 않고 세계를 여행하는 미래를 꿈꿨다. 그와 나는 서로의 직업과 이상을 존중하고 자랑스러워했다. 함께 세계를 여행하는 미래를 꿈꾸며 직장인으로서 겪는 갖은 풍파를 견뎌냈던 우리는 말 그대로 인생의 동반자 같은 관계였다.

과거에는 그와는 반대로 내 직업적 성취나 가치관을 무시하는 사람과 연애한 적도 있었다. "그 직업이 얼마나 번다고. 조금 더 안정적인 데로 이직해.", "그런 뜬구름 잡는 목표보다는 돈 잘 버는 게 최고야." 그렇게 충고하는 연인에게 나는 항상 경제적으로 무능한 사람, 현실감각이 부족한 사람, 미래가 밝지 않은 사람이었고, 나 또한 부와 권력을 최대한 거머쥐고 떵떵거리며 살고 싶다는 그의 목표에 공감하기 어려웠다. 서로의 꿈과 이상을 존중하지 않는 관계가 파국을 맞는 결과는 어쩌면 당연했으리라.

정신건강전문의이자 성장심리학자인 문요한은 좋은 연애란 서로의 꿈과 이상에 관심을 갖고 응원하는 관계라고 말한다. '상대'도 성장하고, '나'도 성장하고, '우리'도 성장할 수 있는 관계. 꿈과 이상에는 가치관이 반영된다. 그래서 나는 연애할 때 상대에게 오 년 후, 십 년 후의 꿈을 꼭 물어본다. 우리는 모두 개별적 존재이기에 구체적인 목표는 다를 수 있지만 서로의 꿈과 이상에 공감할 수 있는지, 그것을 평생 응원할 수 있는지, 함께 꿈꿀 수 있는지를 알아보기 위해서다. 외모나 취향은 언제든 변할 수 있지만 가치관은 쉽게 변하지 않으니까. 서로가 인생에서 중요시하는 게 비슷하다면, 외롭고 힘겨운 인생이라는 항해에 든든한 동반자로 머물 수 있으리라.

언제까지나 너와 함께
같은 꿈을 꾸고 싶어.

뭉클한 녀의 속도

그와 나는 입맛이 참 달랐다. 그는 싱겁고 담백한 음식을, 나는 맵고 기름진 음식을 좋아했다. 그런데 그는 데이트하며 함께 갈 식당을 검색할 때 꼭 내가 좋아하는 음식을 파는 곳만 찾았다. 더 이상했던 점은 평소에는 집에서 밥을 두 그릇씩 먹는다던 그가 나와 함께 식사를 하면서는 깨작거리며 많이 먹지 않는다는 점이었다. 그러다 내가 식사를 마치고 "아 배부르다!"라고 하면 그제야 허겁지겁 남은 음식을 싹싹 긁어 먹었다.

연애 초에 이런 일이 몇 번 반복되니 까닭이 궁금해서 그에게 물었다. "혹시 내가 많이 못 먹을까 봐 일부러 천천히 먹는 거야?" 그러자 그가 수줍게 고개를 끄덕이며 말했다. "응,

나는 네가 맛있는 거 많이 먹었으면 좋겠어."

일부러 천천히 먹지 않아도 괜찮다고, 네 속도대로 먹으라고 해도 일 년 가까이 사귀는 동안 그의 식사 방법은 변하지 않았다. 그는 맛있는 건 내 입에 하나라도 더 넣어주고 싶어 하는, 그렇게나 마음이 예쁜 사람이었다. 좋은 식당에 가서 고급스러운 음식을 대접받은 것보다 깨작거리다 내가 숟가락을 놓자마자 허겁지겁 음식을 먹던 그의 배려가 훨씬 더 고귀하고 감동적인 대접이었다. 조금 우스꽝스럽긴 하지만 사랑스럽고 고맙고 따뜻한 추억이었다.

이러한 태도는 비단 식사 속도에만 국한되지 않으리라. 나를 아끼고 배려할 줄 알았던 그는 식사뿐만 아니라 함께하는 모든 것에서 속도를 맞춰갈 줄 알았다. 같이 발을 맞춰 걷는 것. 그것이야말로 내가 그토록 원하던 진짜 연애였다.

천천히 맛있게 드세요.

좋은데 싫어

나는 동화 「여우와 두루미」의 교훈이 '내가 베푼 호의가 상대에게는 민폐일 수 있다'라고 생각한다. 여우는 분명 좋은 마음으로 두루미를 초대했을 것이고 접시에 우유를 내놓은 것도 여우 나름의 손님 대접이었을 것이다. 하지만 부리가 긴 두루미 입장에서 보면 여우의 대접은 호의이기는커녕 자신을 골탕 먹인 것에 불과했으리라.

그가 좋은 사람이었음에도 우리는 연애 초반에 여우와 두루미처럼 호의가 엇갈려 다툰 적이 있다. 싸움의 전말은 이랬다. 힘들게 야근하면서 "피자가 먹고 싶다"라고 했더니 그는 내가 퇴근하기 전에 몰래 피자를 사놓았다. 나에게 따끈따끈한 피자를 먹이고 싶었던 그는 포장해온 피자 상자를 내 방이불 밑에 십오 분쯤 넣어두었다. 야근을 마치고 피곤에 찌들어 집에 돌아온 내게 자랑스럽게 "짠!"하며 이불을 활짝 걷어내 피자 상자를 보여준 그.

하지만 침구에 냄새가 배는 것이 극도로 싫었던 나는 냄새는 물론이고 피자 상자에서 혹시나 기름이 스며 나오지 않았는지 짜증스럽게 살피며 왜 피자 상자를 저기다 뒀냐고 타박하고 말았다. 그는 그대로 한겨울에 여자 친구를 위해 고생스럽게 피자를 사 왔는데 좋은 소리를 듣기는커녕 면박을 들으니 서운함을 감추지 못했다. 다툼이랄 것까지는 아니었어도 우리 사이에 흘렀던 잠깐의 불편한 공기는 서로의 입장을 찬찬히 들어보고, 미안해하고, 고마워하고, 함께 식은 피자를 먹으며 곧 풀렸다.

이날의 해프닝으로 나는 내 딴에는 호의라고 생각해서 베푼 일이 상대 입장에서는 호의로 받아들여지지 않을 수 있다는 걸 깨달았다. 나 또한 연애 초반에 그가 좋아할 것이라 기대하며 그의 집을 깜짝 방문한 적이 있다. 하지만 극도로 계획형 인간인 그는 자신이 촘촘히 짜놓은 일과가 흐트러진 것에 곤란한 내색을 비쳤다.

호의는 어쩌면 호의를 베푸는 사람보다 호의를 받는 사람의 입장이 더 중요한지도 모른다.

그날 이후로 우리는 자기의 입장에서 호의인 것을 상대에게 강요하지 않으려 조심하게 되었다. 그러기 위해 서로를 알아가는 데 많은 시간을 썼다. 상대가 좋아하는 게 뭔지, 싫어하는 게 뭔지, 그래서 상대에게 진짜 호의로 느껴질 수 있는 호의를 발견하기 위해서 말이다. 그리고 그렇게 알아간 서로에 대한 정보를 통해 상대를 더 배려하고 상대가 정말 좋아하는 것을 베풀 수 있는 관계로 거듭났다. 더 가까워질수록 더 조심하는 것. 그것이 연애의 가장 기본이었음을 나는 좋은 연애를 통해 깨달았다.

사랑하는 너에 대해
모르는 게 아직 너무 많아~.

안전한 사랑의 비밀

좋은 사람과 연애하며 가장 인상 깊었던 점은 갈등이 생겼을 때 그가 "미안해"라는 말을 아끼려 하지도 않고 나를 이기려 들지도 않는다는 점이었다.

그는 로봇인가 싶을 정도로 내 말을 어느 하나 놓치지 않고 입력하고 실행하려는 듯, 내가 서운했던 이유와 자신이 개선해야 할 점을 정리해 메신저 공지 사항에 띄워놓기까지 했다. 그렇게 애쓰는 그가 고마워서 나 또한 그의 입장이 백 퍼센트 이해되지 않을 때에도 먼저 사과했고, 그러다 보면 마음이 풀린 그와 차분히 이야기를 나누며 서로의 생각과 감정을 세세한 부분까지 이해할 수 있었다. 어느새 싸움은 서로를 탐구하는 과정이 되었고, 싸울 때 자기 입장만 내세우거나 감정을 쏟아내기보다는 서로를 이해하고 배려하는 노력을 먼저 하게 됐다.

연애하는 모습도 예뻤는데 결혼해서는 더 예쁘게 사는 친구들에게 연인 사이에서의 싸움과 화해의 비결을 물어봤을 때도 비슷한 답을 들었다. 지인들 중 가장 오래 연애하다 결혼한 친구는 남편과 싸우고 나면 서로 섭섭했던 점을 털어놓는다고 했다. 차분하게 얘기를 나누다 보면 서로가 그럴 수도 있겠다는 생각이 들어 화가 풀린다는 것이었다. "남편이 노력해도 내가 만족할 만한 수준이 아닐 때가 있긴 해. 하지만 맞추려고 애쓰는 태도라도 보여주는 게 어디야 싶어서, 그게 기특해서 마음이 많이 풀려." 잉꼬부부 친구의 금슬 비결은 서로에 대한 이해심이 깊고 고마움을 잘 느낀다는 데 있었다.

또 다른 기혼인 친구는 이렇게 말했다. "인간이 하나의 유기체인데 그중 소장, 대장만 마음에 든다고 그것만 갖고 간, 심장은 마음에 안 든다고 버릴 수 없듯이 상대의 성향, 취향, 행동 방식을 내 입맛대로 골라 취할 수는 없지 않을까? 마음에 들지 않는 부분이 있어도 그건 그의 일부고, 나 또한 그의 눈에 모난 데가 있겠거니 하며 서로 양보하려 해." 둥글둥

글한 성격의 친구 부부는 역지사지와 양보가 생활화 돼 있었다. 물론 친구는 이렇게 덧붙이기도 했다. "아무리 그래도 상대가 지닌 게 암 덩어리라면 잘라내야겠지? 물론 암 진단도 내 멋대로 하면 오진을 내릴 수 있으니 신중하게 해야 하고."

좋은 관계에 정답은 없겠지만, 행복한 커플에게는 서로 양보하고 귀 기울이려는 의지가 있었다. 한편 재미있게도 친구들은 하나같이 이렇게 말했다. "그런데 난 결혼보다 연애가 더 어려운 것 같아. 누군가를 만나고 알아가고 사랑을 시작하고 믿음을 쌓아가는 게 얼마나 어려운지. 낯선 사람들이 만나 오로지 둘이서 해야 하는 일이잖아." 시댁, 임신, 육아 등 수많은 난관이 있는 결혼보다도 어쩌면 연애는 더 어려운 모험인지도 모른다. 어려운 만큼, 좋은 연애라는 모험은 스스로를 좋은 쪽으로 변화시키고 발전하는 데 크게 영향을 미친다.

사람에게 받은 상처는 사람에게 치유받아야 한다는 말이 있다. 똥차에게 받은 상처는 꽤 크고 아팠지만 새로운 모험에서 좋은 동행을 만나 나는 다시 사람을 믿고 의지하고 사랑할 수 있게 되었다.

사랑에 정답은 없어.
우리만의 방식으로 해답을 만들자.

좋은 사람과 이별했다

좋은 사람과 그만 헤어지기로 했다. 어느 한쪽의 잘못이라기보다 서로의 다름 때문이었다. 그는 마지막으로 내게 이렇게 인사해주었다. "그래도 그동안 우리가 함께한 시간이 나는 참 좋았어." 우리는 서로를 응원하는 사이로, 그러나 영원히 먼 사이로 남기로 했다.

그와 연애하면서 아무리 좋은 사람이라도 나와 맞지 않는 부분이 있을 수 있고 그래서 나를 힘들게 할 수도 있음을 알았다. 마찬가지로 나 또한 그에게 좋은 사람이었지만 그 역시 그와 다른 내 어떤 부분 때문에 힘들었다고 했다. 자신이 정한 선을 넘어버리면 간혹 타협하기보다는 회피해버리는 그가 나에게는 융통성 없이 느껴졌고, 가끔 '정말 좋아한다면 이 정도는 해줄 수 있겠지'라고 생각했던 나의 욕심이 그에게는 공정하지 않고 맞추기도 어려운 기준으로 느껴졌던 것 같다. 헤어짐의 이유가 되는 그 '다름'이란 개개인마다 제각각이라 너무나 다양하다. '다름'은 갈등에 대한 회피일 수도, 이따금 보이는 얼음 같은 냉정함일 수도, 적재적소에 필요한 위로를 해주는 능력의 결함일 수도, 융통성의 부족일 수도, 누구와도 평생 맞춰나갈 수 없을 것 같은 폐쇄성일 수도, 설명하기조차 어려운 정체를 알 수 없는 무엇일 수도 있다. 그리고 타인의 기준으로는 너무나 사소하고 하찮은 일일지라도 내가 힘들고 아프다면 '다름'을 참을 필요가 없다. 내 기준으로 받아들이기 어려운 연애, 참아야 하는 연애는 좋은 연애가 아니기 때문이다.

똥차와의 이별이 속 시원했다면 좋은 사람과의 이별은 혼란스러웠다. 이렇게 '좋은 사람'과도 헤어지다니 내가 환상 속에나 있는 완벽남을 바라는 걸까? 아니면 '좋은 사람'마저도 감당하기 어려울 정도로 내게 문제가 있나? 이별 후 이런 생각이 고개를 내밀 때마다 고민스러웠다. 내가 바라는 기준을 충족시켜주지 못할 것 같다는 이유로 그토록 훌륭한 사람에게 이별을 말하다니, 과연 내 욕구가 정당한 수준이었는지

자꾸 의심이 생기고 후회가 됐다.

그렇게 혼란스럽던 마음은 캐럴라인 냅의 『명랑한 은둔자』를 읽으며 비로소 정리가 되었다. 작가는 자신의 욕구가 정당하다는 사실을, 그토록 깊은 수준의 친밀감과 사랑을 원하는 건 나약함의 증거가 아니라 자연스럽고 좋은 일이라는 것을, 자신의 불만은 솔직히 원하는 욕구가 채워지지 않았기 때문이라고 썼다. 그리고 동시에 그녀는 이렇게 말했다. 우리가 스스로 상대에게 너무 많은 걸 바라는 게 아닌지 의심이 들 정도로 한없이 사랑받기를 원한다는 건, 혼자서는 충분히 귀한 존재라고 느끼지 못하기에 그럴 수 있다는 것이라고, 그렇기에 그 느낌을 자기 외부의 타인에게서 지나치게 많이 얻으려 하는 것일지도 모른다고. 진정으로 사랑받는 느낌이란 자기 자신과 타인에게서 절반씩 나와야 한다고 말이다. 당연한 말이겠지만 결국은 혼자서도, 자기 자신과 가장 잘 지낼 수 있어야 한다는 뜻으로 해석됐다.

그래도 좋은 사람과의 이별은 똥차와의 이별보다 고통이 확실히 덜했다. 그는 헤어질 때 내 탓을 하거나 핑계를 대지 않았다. 그저 우리가 맞지 않는 부분이 있고, 자신은 그걸 맞추기 힘들 것 같다고 이야기했다. 우리가 헤어지게 된 계기가 이해가 되지 않으면서도 뭔지 알 수는 있었다. 우리는 최선을 다했다. 우리는 할 만큼 했다. 그렇게 생각됐다. 물론 이별이라는 것 자체가 아예 상처가 안 될 수는 없지만, 이별의 아픔도 사람에 따라 상대적이라는 걸 경험으로 깨달았다. 나를 배신하고, 스토킹하고, 관계 파탄의 원인을 내게 떠넘기고, 희망 고문을 하고, 착한 척하며 헤어졌던 똥차들과의 이별보다 비교가 안 될 정도로 마음의 고통이 적었다. 무엇보다도 그가 좋은 사람이었다는 사실만으로도 성공적인 연애였다고 생각한다. 내게 안 좋은 기억보다는 좋은 추억을, 불안보다는 신뢰를, 미움보다는 고마움을, 아물지 않는 상처보다는 빠른 회복을 남겨주었으니까.

그와 만나면서 내가 알던 배려, 사랑, 헌신의 기준은 모두 상향 조정되었다. 그와 연애하며 갖추게 된 '좋은 연애'의 기준은 앞으로 늘 울타리처럼 나를 지켜주리라는 느낌이 들었다. 나는 이별했음에도 금방 일상을 되찾았다. 그리고 모든 시간을 관통한 지금, 나는 아주 잘 지내고 있다.

버드야, 괜찮아.
내일 너는 더 나은 사랑을 하게 될 거야.

똥차의 이별법,
연애의 성공법

□ "우리가 헤어지는 이유는…"

똥차는 이별을 말할 때 갖가지 이유를 들며 책임을 회피한다. "넌 내가 생각했던 그런 여자가 아닌 것 같아.", "내가 누굴 만날 여력이 안 돼.", "왜 나를 집착하는 사람 취급해?" '상대' 때문에 혹은 '상황' 때문에 이별을 해야만 한다고 말한다. 또한 똥차들은 뒤통수를 때리거나 상대를 탓하며 비겁하게 변명하거나 상대를 기만하고 가식적으로 눈물을 흘린다. 그렇게 똥차와의 이별은 인간에 대한 신뢰를 무너뜨리고 자존감을 끌어내린다.

이별의 이유가 '사랑하는 마음' 그 자체에 있음을

인정한다면, 이별이 누군가를 무너뜨리거나 짓밟는 일이 되지는 않을 것이다. "네가 부족하거나 잘못해서가 아니야. 내 마음이 예전 같지 않아서일 뿐이야." 나는 이별을 할 때마다 변명이나 핑계가 아닌 이런 말이 듣고 싶었다. 또 이별을 할 때 과거에 내가 겪었던 참혹한 상처를 상대가 똑같이 받지 않았으면 하는 마음에 이별의 이유가 내 마음에 있을 때에는 꾸밈없이 솔직하게 이야기하려 했다.

어떤 관계든 그 끝은 과정에 대한 인상까지 결정하는 중요한 경험이다. 최악의 이별은 연애의 모든 시간을 최악의 경험, 후회의 경험으로 만들어버린다. 똥차들은 모른다. 많은 시간과 돈과 마음을 쏟은 연애를 한순간에 망쳐버리는 것이 얼마나 멍청한 짓인지. 이와 달리 성숙한 이별은 살아가는 동안 서로를 아름답게 기억할 수 있게 해준다. 결국 우리를 지탱하는 건 좋은 기억이다. 노을을 보며 함께 들었던 노래, 수줍게 내밀었던 꽃다발, 힘들 때 받았던 응원의 편지…. 관계가 끝나고 애정은 떠나갔어도 기억은 남는다. 그러므로 이별은 사랑했던 사람뿐만 아니라, 스스로를 위해서도 지켜야 할 마지막 예의다.

□ 언제까지 이별에 아파해야 해?

이별 후 찾아온 슬럼프를 탈출하려면 '상실의 5단계'를 차근차근 밟아야 한다. '상실의 5단계'란 바로 '부정-분노-타협-우울-수용'이다. 나 역시 이 다섯 단계를 모두 거친 뒤에야 비로소 지난 연애의 기억을 편안히 돌아볼 수 있었다. 그리고 오직 경험만으로 배울 수 있는 깊은 깨달음을 얻었다. 인생에서 예기치 못한 사고가 나듯 나쁜 일은 생기기 마련이고 이미 일어난 일은 되돌릴 수 없다. 하지만 계속 고통을 하염없이 되새기며 주저앉아 있을지, 아니면 나쁜 일에서 무언가를 발견하고 앞으로 나아갈지는 내가 선택할 수 있다. 내게 상처를 주는 관계에 나를 방치하면 안 되며 그러한 관계에서 벗어나는 건 스스로 해야 한다는 것. 벗어나기로 마음먹었다면 적절한 순간에 적절한 작별 인사를, 증오와 체념과 감사가 섞인 안녕을 말해야 한다. 그리고 마지막으로 혼자가 된 나를, 홀로서기로 한 나를 충분히 토닥여주어야 한다.

□ 좋은 연애는 타이밍부터 다르다

인생이 힘들거나 마음이 외로우면 누군가에게 기대고 싶어서 인연을 찾는 것이 당연하다. 하지만 똥차와 헤어지고 난 직후만큼은 억지로 인연을 찾으려 하지 말자. 스스로 자신감이 떨어져 있는 상태에서는 상대에게 휘둘리기도 쉽고, 자신의 결핍을 연애 상대를 통해 충족하려다 보면 상대에게 집착하거나 잘못된 환상을 갖기 쉽다.

혼자가 힘들 때 결핍감의 해소 방법을 외부에서 찾는 대신에 내부를 돌아보면 좋다. 즉, 나 자신에게 투자하는 것이다. 공부, 운동, 취미 등 자신의 일상을 조금 더 건강하게 가꾸는 루틴과 자기 계발에 집중하자. 자존감은 사실 '자기 성취감'에 가깝다. 조그만 목표를 세우고 하나씩 이뤄보며 '스스로 만족할 만한 나 자신'이 되는 데 집중해보자. 그럴 힘도 의욕도 없다면 아주 사소한 것부터 시작하자. 그저 '나를 위한' '내가 좋아하는' 작은 일들을 해보는 것이다. 예쁜 카페를 찾아다녀도 좋고, 좋아하는 음식을 마음껏 먹어도 좋다. 온전히 자신에게 집중하다 보면 어느 순간 내 기분을 살피는 법은 물론 내 취향에 대한 확신과 자신이 생긴다. 내 안에서 단단해진 안목은 사람을 볼 때도 응용할 수 있게 된다. 사람은 고쳐서 만나는 게 아니라 골라서 만나는 거라고들 하는데, 좋은 인연은 내 마음과 몸이 건강할 때 알아볼 수 있다.

□ 사랑한다면 눈치 보지 말고, 두려워하지 말 것

을의 연애나 호구의 연애를 자처하는 사람들이 있다. 상대가 원하는 대로 맞춰주는 것은 기본이고 상대의 언행이 불만스러워도 참고 넘긴다. 상대방이 싫어하거나 화를 낼까 봐 결코 주장하거나 요구하지 않는다. 물질 면에서 다 퍼주는 것은 물론이고 시간도 온전히 연인을 위해서만 쓴다. 이 모든 희생이 사랑하기 때문이라지만 실은 '사랑'보다 '나를 떠나면 어떡하지?'라는 '두려움'에서 비롯되었을 확률이 높다.

내가 잘해야만 상대가 나를 떠나지 않을 거라고 생각하기보다 나를 놓치면 상대가 손해라는 마음으로 당당한 태도를 잃지 말자. 정말 상대가 싫어하거나 떠날 수도 있지만, 그렇다 해도 두려워하지 말자. 내가 그를 배려하듯 그도 나를 배려해야 한다는 것을 잊지 말자. 연애는 혼자 하는 것이 아니다. 일방적으로 양보하고 배려하는 것이 아니라 서로를 알아가고 맞춰가며 두 사람만의 세계가 단단해지는 것이다.

□ 우리 사랑에 유효기간이 없도록

사랑에 빠지는 시간은 일 초, 사랑의 유효 기간은 삼 년이라고 한다. 사랑에 빠지면 마약을 했을 때처럼 희열을 느낄 뿐만 아니라 도파민과 아드레날린처럼 쾌감을 자아내는 화학 물질이 일 초도 안 돼 방출된다. 사랑에 빠졌다는 감정을 인식하는 데는 오십 초밖에 걸리지 않는다. 한편 두근거림, 설렘, 성적 매력을 느끼는 데에 관여하는 혈액 속 뉴트로핀 호르몬은 약 삼 년 동안 분비된다. 하지만 이후로는 친밀감과 결속력을 유지시켜주는 옥시토신 호르몬이 분비된다.

결국 사랑을 가꿔나가는 것은 마음보다 의지에 달렸다. 서로 불같은 열정을 보이던 연인이라도 서로에게 시간과 정성을 쏟지 않으면 헤어지게 된다. 좋은 연애라는 건 열정과 다정함만으로 유지되지 않는다. "좋아해", "사랑해"라는 달콤한 말만 늘어놓는 연인이 관계를 지속하려는 의지가 그리 크지는 않을 수 있다는 걸 염두에 두자. 아무리 다정하고 착한 사람이라도 관계에 미련 없이 돌아서 버린다면 인연이 아니라고 생각하고 보내주자. 관계를 지켜내려는 노력과 의지도 애정의 크기만큼 중요하다.

□ 싸움에도 기술이 필요하다

장수 커플을 만날 때마다 나는 물었다. "너희는 안 싸우지?", "싸우지 않으니까 그렇게 오랫동안 안정적으로 만나는 거지?" 하지만 대부분은 싸움은 연애의 일부라는 답이 돌아왔다. 몇십 년 동안 다른 환경에서 다른 조건을 가지고 살아온 둘이 서로에게 애정을 느낀다 한들, 이해하는 데에는 분명 한계가 있으므로 싸움은 자연스러운 일이라고. 다만 장수 커플의 싸움은 방법이 남달랐다.

그들은 싸움을 부정적으로 생각하지 않는다. 오히려 싸움의 쓸모를 인식한다. 싸움은 오해를 해소하고 문제를 해결하고자 치열하게 열정을 쏟는 과정이라고 여긴다. 정말 싫어지면 싸우는 데 드는 에너지도 쓰지 않으려 하기 때문이다. 또한 싸움에도 기술이 필요하다. 내가 이해할 수 있는 범위를 정해두고 그 이상의 행동을 한다면 분명히 표현한다. 상대방의 행동으로 화가 나거나 서운하거나 할 때, '네 탓'을 조목조목 이야기하기보다 '내 기분'을 설명하는 데 초점을 맞춘다. 같은 내용이라도 표현하는 방식에 따라 갈등의 불을 더 지피기도 하고 해결의 실마리를 제공할 수도 있기 때문이다. '한쪽만 서운할 경우 다른 한쪽이 먼저 사과부터 한다'처럼 커플만의 싸움 원칙을 세운다. 또한 누구도 완벽하지 않다는 점을 잊지 말고 상대를 있는 그대로 받아들이려 노력하는 것도 방법이다.

갈등도 싸움도 피하지 말자. 대신 '잘' 싸우자. 싸움을 '이겨야 하는 것', '피해야 하는 것'이 아닌 서로를 더욱 잘 이해할 수 있는 기회로 여기자. 좋은 연애를 하기 위해서는 내가 원하는 것과 상대가 중요시하는 가치가 충돌할 경우 서로 타협점을 찾는 연습과 과정이 수없이 필요하다.

□ 좋은 사람 곁에 좋은 사람이 있다

기쁜 일에 함께 기뻐해주는 사람은 많지만, 힘든 일이 생겼을 때 선뜻 달려와주는 사람은 많지 않다. 평소에는 다정하다가도 정작 내가 힘들 때 무심한 사람은 생각보다 많다. 힘들 때 곁에 있어 주는 것 외에도, 연인을 귀하게 여기는지는 사소한 데서 드러난다. 예를 들면 함께 밥을 먹을 때 맛있는 것을 나에게 양보하거나 밥 먹는 속도를 맞춰주는 사람, 겨울철 야외 데이트에서 손이 찬 나를 위해 핫팩을 챙겨오는 사람 등 번드르르한 말 백 마디보다 사소한 행동 하나가 사랑을 보여준다. 그리고 아무리 사소해 보일지라도 연인을 위해 해주는 배려는 당연한 게 아니다. 그 배려가 지속적이라면 더더욱 고마운 인연일 것이다.

이렇게 좋은 사람을 만나려면 내가 먼저 어른스럽고 좋은 사람이 되어야 한다. '어른스럽다'라는 건 상대와 나는 어쩔 수 없이 다른 사람임을 인정하는 것, 산다는 건 어느 정도 외로울 수밖에 없다는 것을 받아들이고 언제든 홀로 설 수 있는 단단한 사람이 되는 것이라고 생각한다. '좋은 사람'이라는 건 그럼에도 불구하고 사랑하는 사람을 위해 기꺼이 서로 이해하고, 발맞춰 나가며, 진심을 다할 용기를 갖는 것이리라. 오늘도 나는 더 좋은 연애를 위해 더 어른스럽고 더 좋은 사람이 되기를 꿈꾼다.

□ 집단 지성으로 모아 본 '진짜 사랑의 의미'

SNS의 '똥차 일기' 계정에서 연애에 대한 질문을 던졌는데 다양한 댓글이 달렸다. 그중에서 특히 진짜 사랑이 무엇인지, 진짜 인연을 어떻게 알아보는지에 대해 독자분들과 함께 나누고픈 댓글들을 여기에 소개한다.

"사랑은 스스로 노력하게끔 만드는 것. 사랑하면 내 단점을 고치기 위해 부단히 노력하게 돼요."(뻐드)

"내가 대단한 사람이 아니지만 누군가에겐 필요한 사람이 되었다는 걸 느끼게 해주는 게 사랑인 것 같아요."(K-세라세라)

"사랑을 하면 나한테 이런 모습이 있었나 싶을 정도

로 내가 낯설어지는데 그 모습이 마음에 들어요."(다올)

"나를 무조건 사랑해 주는 사람이 가족 이외에 또 존재할 수 있다는 걸 깨닫게 하는 게 사랑 아닐까요?"(내일)

"상대방에 대해 because(때문에)가 아니라 in spite of(그럼에도 불구하고)가 될 때 사랑인 것 같아요."(범자)

"사랑은 제대로 주는 방법을 알기 전까진 마음대로 받을 수도 깨닫지도 못하는 것 같아요."(그뤠잇토끼)

"꼭 맞는 옷을 입은 것처럼 나를 억지로 꾸며내지 않아도 되는 편안한 사람을 만나는 것."(혜민)

"내가 더 좋은 사람이 되고 싶게 하는 사람을 만나는 것."(인영)

많은 사람을 만나 봐야 사람을 볼 줄 알게 된다는 말처럼, 사랑에 대해서도 많은 이야기를 들어봐야 자신이 진정 원하는 사랑을 하고 있는지 알 수 있으리라. 다양한 사람들이 사랑에 대해 더 많은 이야기를 나누면서 저마다 행복한 사랑을 발견했으면 좋겠다. 당신이 꿈꾸는, 당신을 행복하게 할 사랑은 어떤 모습일까?

Epilogue

똥차 가면 벤츠 올까요?

똥차들과 좋지 않게 이별한 후에 그들과 연애한 게 후회스럽고 지난 시간이 통째로 허비된 느낌이 들었다. 좋았던 기억까지 더럽혀져 잊고 싶어졌다. 화나고 슬프고 억울하고 비참했다. 그런 까닭에 이별을 하고도 한동안 똥차들에게 병적으로 집착했다. 그가 불행하길 바랐다가, 그가 나를 잊지 않길 바랐다가, 조그만 소식이라도 알아내려 SNS를 찾아다니며 염탐했다. 온종일 다른 일이 손에 잡히지 않을 정도였다. 그의 마음도 나만큼 힘든지 궁금해 한동안 끙끙 앓았다.

그렇게 내 마음이 정리가 안 돼 부대낄 때마다 나는 내 감정을 편지 형식으로든, 일기로든 정리했다. 복잡한 마음을 글로나마 쏟아내고 나면 후련했다. 상황을 객관적으로 보게 되기도 했고, 내 감정을 있는 그대로 대면할 수 있기도 했다. 그가 그리워지는 날이면 그가 나에게 했던 잘못, 그의 단점을 정리해놓은 파일을 기억이 미화되려는 찰나마다 꺼내 보기도 했다. 그러다 보니 어느 순간부터 그의 마음이 더 이상 궁금하지 않게 됐다. 내가 느끼는 감정, 내 생각만이 또렷이 남았다.

『똥차 일기』를 시작하게 된 계기도 그때 써둔 글들 덕분이다. 그 언젠가가 되면, 자신이 이렇게 생생하고 다채로운 감정을 느꼈다는 사실을 놀라워하게 될지도 모른다. 삶에서 내밀한 감정을 경험할 수 있는 기회는 생각보다 많지 않다. 미지근하고 평탄하기만 한 사랑이 아닌, 뜨겁게 불태우고 뜨겁게 고통받았던 사랑 덕분에 나는 연애에 대한 통찰을 얻었고, 자신을 지키는 방법을 배웠고, 관계의 종말로 내 세상이 무너지는 것만 같아도 다시 일어나는 경험을 했다. 그렇게 관계에 현명해지고, 용감해졌다.

모든 것에는 금이 있다.
빛은 금 간 곳으로 들어온다.

레너드 코헨의 노래 '앤섬Anthem'의 가사에 이런 구절이 있다. 사랑 때문에 상처받았던 시기에 힘이 되어준 구절이다. 나 또한 똥차들과의 실패한 연애 경험이 있었기에 『똥차 일기』를 쓰게 되었고, 비슷한 고민을 겪는 사람들에게 작게나마 위로를 전할 수 있게 되었다. 그래서 지금은 어떤 시련이 닥쳐도 그것이 언젠가 내 인생에 전혀 상상치 못한 도움을 줄 것이며, 결국 모든 일은 나에게 좋은 방향으로 잘 풀릴 것이라고 믿는다.

상처를 준 사람은 자신의 행동을 돌아보지 않지만, 상처받은 사람은 자신이 왜 상처를 받았는지, 어떻게 하면 다시 상처받지 않을 것인지, 어떻게 고통에서 벗어날 것인지 수많은 성찰의 밤을 거친다. 그리고 그 끝에는 잘 다듬어진 보석 같은 깨달음과 단단한 마음이 남는다. 혹독한 사랑을 해본 사람만이, 폭풍 같던 시기를 지나온 사람만이 느낄 수 있는 감정들이 있다. 실패한 사랑에서 내가 건질 수 있는 건 바로 그것이었다. 똥차는 절대 가질 수 없는 마음, 사랑에 최선을 다했던 사람만이 가질 수 있는 마음 말이다.

무엇보다, 나에겐 지금의 내가 있다.

똥차 일기

초판 1쇄 인쇄 2022년 5월 27일
초판 1쇄 발행 2022년 6월 8일

글·그림 버드

편집인 이기웅
책임편집 김혜영
편집 주소림, 안희주, 양수인, 한의진
디자인 MALLYBOOK 최윤선, 정효진, 민유리
책임마케팅 정재훈, 김서연, 김예진, 박시온, 김지원, 류지현, 문수민, 김소희, 김찬빈
마케팅 유인철
경영지원 김희애, 박혜정, 박하은, 최성민
제작 제이오

펴낸이 유귀선
펴낸곳 ㈜바이포엠 스튜디오
출판등록 제2020-000145호(2020년 6월 10일)
주소 서울시 강남구 테헤란로 332, 에이치제이타워 20층
이메일 odr@studioodr.com

ISBN 979-11-91043-77-8 (03810)

스튜디오오드리는 ㈜바이포엠 스튜디오의 출판브랜드입니다.